D1663435

Bibliografische Informationen der Deutschen Nationalbibliothek: Die Deutsche Nationalbibliothek verzeichnet diese Publikation in der Deutschen Nationalbibliografie; detaillierte bibliografische Daten sind im Internet über
www.dnb.d-nb.de abrufbar.

Copyright
© 2012 37 voices Verlag Markus Kreß, Ebringen
Alle Rechte vorbehalten.
Herstellung: BoD - Books on Demand, Norderstedt
ISBN 9783848226245
Cover: Thorsten Bunten, tbmmedia, Konstanz
www.tbmmedia.de
Cover-Bild: Illian Sagenschneider, Essen/Berlin
www.sagenschneider.com

Marc Baco

Vorboten des Schicksals

37 voices Verlag, Ebringen

Karte von Rubidium

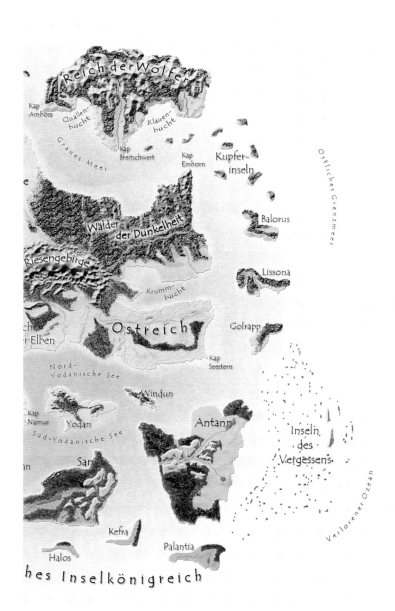

Reich der Wolfer

Kap Amboss

Quallen-bucht

Klauen-bucht

Graues Meer

Kap Breitschwert

Kap Einhorn

Kupfer-inseln

Östliches Grenzmeer

Wälder der Dunkelheit

Balorus

Riesengebirge

Lissona

Krumm-bucht

Ostreich

Golrapp

er Elben

Nord-Yodanische See

Kap Seestern

Windun

Kap Namur

Yodan

Antann

Inseln des Vergessens

Süd-Yodanische See

Sarys

Verlorener Ozean

Kefra

Palantia

Halos

hes Inselkönigreich

5

Dieses Buch widme ich
meinen Rollenspielgefährten,
die mit mir viele Tage und
Nächte durchgemacht haben.

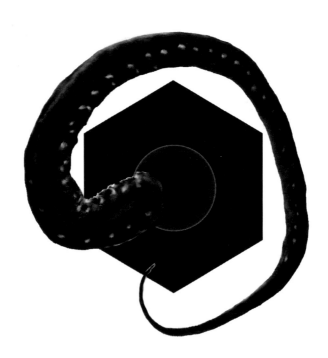

Inhaltsverzeichnis

Prolog

Bergola war eine Zwergendiebin und sie war eine sehr gute Diebin. Entgegen den Vorurteilen, dass Zwerge nicht klettern könnten, war Bergola eine ausgezeichnete Kletterin. Nicht nur, dass sie scheinbar glatte Wände hochsteigen konnte. Sie war auch sehr behände nur an einem Arm zu hängen und gleichzeitig andere Dinge zu tun. Ihre Oberarme waren extrem muskulös. Eine Diebeskarriere – auch ein gängiges Vorurteil – war unter Zwergen nicht verbreitet. In gewisser Weise stimmte das, aber andererseits: Gibt es nicht in jedem Volk Diebe?

Da war sie nun. Das heutige Objekt war das Haus des reichen Magiers Vogos. Sie hatte einen Auftrag angenommen, Vogos eine Statuette zu stehlen, die dieser gut geschützt in seinem Haus verborgen hatte. Für diesen Auftrag hatte sie sich extra eine Spruchrolle gekauft, um magische Fallen entdecken zu können. Diese hatte sie bereits verbraucht. Sie hatte die Spruchrolle gelesen, als sie an einer Tür nicht weiterkam, die mit einer magischen Falle gesichert war. Nun hatte sie ein neues Problem. Sie stand vor einer weiteren Tür und dahinter musste eigentlich die Statuette sein. Sie hatte diese Information von einem ehemaligen Lehrling des Magiers bekommen. Was sollte sie tun? Sie bekam die Tür einfach nicht auf. Selbst mit einem Rammbock und hundert Männern ließ sich eine Tür nicht öffnen, wenn sie magisch versiegelt war. Jetzt war sie schon so weit gekommen und hier sollte ihr Auftrag scheitern? Sie überlegte, ob sie vielleicht nebenan die Wand einreißen sollte. Das war eher eine Frustreaktion.

„Hm, oh Lakisch, was soll ich nur tun?"

Lakisch war der Gott der Diebe. Und kaum hatte sie dies leise ausgesprochen, als sich rechts neben ihr ein silberner Nebel bildete und sich eine Gestalt materialisierte. Reflexartig zückte sie ihre Axt, um sich zu verteidigen, doch dann erkannte sie Lakisch, den Gott der Diebe, und der Gott lächelte sie an.

„Bergola, ich sehe du bist am Ende mit deinem Elbisch. Aber an dieser Tür wirst du mit deinen Methoden nicht vorbeikommen."

„Ja, hab' ich auch schon gemerkt!", seufzte sie resigniert.

„Naja, manche Aufträge kann ich eben nicht ausführen."

„Ich beobachte deine Karriere mit Wohlwollen, Bergola. Im Gildenhaus der Diebe opferst du regelmäßig an meinem Altar – gibst immer den Zehnten an die Diebesgilde ab, manchmal auch mehr. Du bist noch für Großes auserkoren. Ich glaube, du bist der beste lebende Dieb in dieser Zeit. Und manchmal muss man auch einfach Glück haben. Ich lasse dir hier etwas da. Lass es nicht in die Nähe deiner magischen Gegenstände kommen. Aber es wird dir helfen..."

Und genauso plötzlich, wie er erschienen war, verschwand Lakisch. Die Wolke, der silberne Nebel, verblasste und Bergola war wieder allein. An der Stelle, wo der Gott erschienen war, befand sich eine tarantelgroße Spinne, die leicht fluoreszierend leuchtete. Bergola beobachte interessiert, was passierte. Sollte eine Spinne ihr helfen? Die Spinne krabbelte zur Tür und wob zwei Fäden - vom rechten zum linken Türrahmen und zurück. Dann rollte sie sich zusammen – wie nach einer opulenten Mahlzeit. Ansonsten passierte nichts Spektakuläres und sie schien schlafen zu wollen. Bergola überprüfte die Tür. Hatte die Spinne wirklich den magischen Schutz entfernt? Tatsächlich, die Tür ließ sich öffnen. Bergola holte ein Tuch aus ihrem Rucksack hervor und nahm vorsichtig die Spinne in die Hand und verstaute sie abseits aller anderen magischen Gegenstände in einer Außentasche und ging in das Innere des Raumes. Schnell fand sie die Statuette, die auf einem kleinen Podest stand, und steckte sie vorsichtig in das dafür vorgesehen Geldsäckchen. Gut gelaunt machte sie sich mit doppelter Beute davon...

Kapitel 1

Er erwachte aus tiefer Bewusstlosigkeit mit Schmerzen in der Brust. Vor sich sah er verschwommen ein eingerissenes Stück Papier, aufgespannt auf einen Silberrahmen. Vor seinem Oberkörper war eine Vorrichtung aus Metall. Ein Teil der Vorrichtung steckte in seiner Brust, genauer eine Nadel, die das Ende eines zylindrischen Metallstücks war.
Was mache ich hier? dachte er.
Er wollte den Arm heben und merkte, dass er gefesselt war.
Nein, es sind ja nur lose Schlaufen.
Diese Schlaufen fixierten Arme und Oberkörper auf dem Stuhl aus Metall. Er schlüpfte aus den Armschlaufen und löste umständlich die Schließe des Schultergurtes, während er versuchte, die zylindrische Vorrichtung aus seiner Brust zu entfernen. Nach mehreren Versuchen gelang es ihm schließlich. Ein seltsam-süßlicher Geruch ging von der Nadelspitze aus. Irgendwo hatte er das schon einmal gerochen! Bilder von Phiolen und Glaskolben huschten durch die Nebelbänke in seinem Gehirn. Ein Rinnsal Blut lief seinen geschmeidigen, nackten Körper hinab. Langsam sah er klarer. Er befand sich in einem kleinen Raum, der von fluoreszierendem Leuchten schwach erhellt wurde. Alles schien aus Metall zu bestehen. Er versuchte aufzustehen, sank aber sofort wieder zurück und ihm wurde schwarz vor Augen. Nur mit äußerster Willenskraft konnte er verhindern, dass er nicht erneut ohnmächtig wurde.
Er erinnerte sich an einen guten Zauberspruch gegen Schwäche und Kreislaufbeschwerden. Langsam kamen die magischen Worte über seine Lippen. Als er geendet hatte, geschah – nichts.
Mehrmals probierte er es und versuchte auch einen Lichtzauber – ohne Ergebnis.

So ein Mist! fluchte er innerlich. Dann bereitete er sich auf die Meditation eines Psimeisters vor, die definitiv frei von jeglicher Magie war. Er sammelte Energie im Basischakra. Mit seinen Gedanken in Rot versunken, glitt er Millimeter für Millimeter in Richtung Bauchnabel und fügte gedanklich immer etwas mehr Gelb hinzu. Im Sexualchakra hatte er ein sattes Orange erreicht. Seine innere Energie begann allmählich leicht zu vibrieren. Weiter wanderte er zum Sonnengeflecht, indem er das Rot herausnahm und das Gelb steigerte. Auf einmal spürte er seinen Körper in seiner Gänze: die sehnigen, aber kraftvollen Arme und Beine, seine Muskeln, seine Kopfhaare, die bis zur Schulter herabfielen. Weiter ging er aufwärts in Richtung des Herzchakras, indem er langsam Blau hinzufügte. Das resultierende Grün pulsierte mit seinem Atem und Herzschlag. Jetzt konnte er auch das Drehen der „Räder" wahrnehmen. Mit jedem Atemzug durchströmte ihn neue Lebenskraft. Er reduzierte das Gelb und verstärkte das Blau, bis er am Kehlchakra ein helles Chalcedonblau erreicht hatte. Ein elbisches Lied kam ihm in den Sinn und er summte die Strophen andächtig. Beschwörungsformeln, Zaubersprüche und Flüche fielen ihm wieder ein. Er formte sie lautlos auf seinen Lippen, bevor er das Blau verdunkelte und Rot langsam hinzufügte. Im Stirnchakra wurden ihm seine psionischen Fähigkeiten bewusst. Psionik beruht nicht auf denselben Grundlagen wie Magie. Psionik nutzt die Kraft des eigenen Geistes, Magie nutzt die Energien und Kräfte der Umgebung. Er erinnerte sich an die geistigen Bilder der Psifähigkeiten. Darum würde er sich später kümmern. Er verstärkte das Rot und näherte sich dem Scheitelchakra. Plötzlich wurde ihm gewahr, dass er nicht zufällig hier war. Er war gesandt worden. Er hatte eine Mission, er war Emissär und Missionar. Dann entglitten diese Gedanken wieder hinter eine dunkle Mauer des Vergessens.
Einige weitere Minuten atmete er bewusst in jedes Chakra, bis er fühlte, dass er jetzt stark genug war aufzustehen.

Langsam erhob er sich aus dem Metallsitz. Er schaute sich um. Der Raum war fast eiförmig und war ungefähr 4 m lang und 3 m breit und hoch. Im hinteren Bereich stand eine Kiste aus dunklem Metall, wahrscheinlich Blei. Er näherte sich ihr neugierig und öffnete sie. Darin fand er eine komplette Ausrüstung: Kleidung, Rüstung, Rundschild, Langschwert samt Gürtel und Scheide, und einen Rucksack. Er zog die Kleidung und Rüstung an, schnallte sich das Schwert um und durchstöberte den Rucksack. Das übliche Überlebensinventar – und ein Beutel mit mehreren Silber- und Goldmünzen, doch auf keiner war ein Wappen, Zeichen oder Bild zu sehen. Alle waren ohne Prägung glatt, so als wären sie direkt vor dem Prägestempel gerettet worden. Er zog das Schwert aus der Scheide. Seine Armmuskeln erinnerten sich an Kampftraining und seine Nase an den Geruch von Blut und Schweiß. Alles passte wie angegossen und war offensichtlich für ihn gefertigt worden. Der Rundschild war auf der Innenseite verspiegelt, sodass er sein Gesicht leicht gekrümmt betrachten konnte. Lange, blonde Haare umrahmten ein längliches Elbengesicht. Sie verdeckten seine spitz zulaufenden Ohren. Dunkelviolette Augen schauten ihn neugierig an, als würden sie ihn zum ersten Mal sehen. Diese makellosen Züge kamen ihm nicht bekannt vor. Erst jetzt bemerkte er, dass es keine Tür gab. Zumindest sah er keine. Seine elbische Restlichtverstärkung reichte in dieser fluoreszierenden Düsternis eigentlich vollkommen aus. Das Licht kam von Flechten, die über dem Bereich zu wachsen schienen, der aus Blei bestand. Als er zurück zum Metallsitz ging, kam das eingerissene Papier in sein Blickfeld. In verschnörkelter Elbenschrift stand dort:

1. Warte, bis die Wirkung des künstlichen Komas nachlässt!
2. Deine Erinnerung kommt erst nach einiger Zeit zurück!

3. Magie funktioniert hier nicht, Psionik wahrscheinlich auch nicht! Mache alles per Hand!
4. Du hast nur eine Stunde, dann ist dein Luftvorrat verbraucht!
5. Im Rucksack ist eine Magnesiumfackel, mit der du dich durch die Bleiwand schmelzen kannst!
6. Nimm dieses Schriftstück mit! Es wird dir noch wichtige Dienste leisten.

Viel Erfolg!

Lu

Darunter war das Symbol einer Honigwabe, um die sich ein Tentakel windet. Es kam ihm bekannt vor. Er überlegte. Eine halbe Stunde hatte er meditiert, 10 Minuten hatte er sich umgesehen. Höchste Zeit, dass er hier rauskam oder zumindest eine Luftöffnung erstellte. Aus dem Rucksack holte er die Fackel und zündete sie an. Das war ein Fehler...
Sekundenlang geblendet fluchte er über seine Nachlässigkeit. Bilder eines Labors sah er vor seinem inneren Auge, wo er eine solche Flamme schon einmal gesehen hatte. Als die Blendung nach einer Minute immer noch nicht nachgelassen hatte, fürchtete er schon, die Fackel könnte heruntergebrannt sein, bevor er sich seinen Weg in die Freiheit schmelzen konnte. Er tastete nach den Wänden.
Nur auf den Bleiwänden waren doch die Flechten! Da, jetzt konnte er sie fühlen. Er ging einen Schritt zurück und hielt die Fackel an die Wand. Fluchend zog er sie gleich darauf wieder zurück, als ihn ein Tropfen geschmolzenes Blei am Zeigefinger verbrannte. Vorsichtiger begann er es erneut. Nach einigen Minuten strömte endlich frische Luft durch eine kleine Öffnung. Als die Fackel fast zu Ende gebrannt war, konnte er endlich wieder klar sehen. Er hielt sie hinter seinen Rücken, um einen Blick nach draußen zu riskie-

ren. Das war gar nicht so leicht, da die Bleiwand fast 30 cm dick war und das entstandene Loch gerade mal 10 cm groß war. Und draußen schien Nacht zu sein. Näher an das Loch traute er sich noch nicht wegen der Hitze. Vor sich hin schimpfend versuchte er, mit dem Rest der Fackel das Loch zu vergrößern. Bald darauf verlosch sie und die Öffnung war kaum größer als zuvor. *So war das bestimmt nicht geplant gewesen.* Verzweifelt hätte er sich eine weitere Magnesiumfackel gewünscht, es gab aber nur fünf Harzfackeln. Ihm blieb nichts anderes übrig, als sie alle nacheinander zu verbrauchen, um zumindest noch ein paar Zentimeter dazuzugewinnen. Das Resultat seiner Bemühungen war eher dürftig, aber fast 20 cm Durchmesser hatte er am Ende der Fackeln erreicht.

Was stand so schön auf dem Papier: Mach alles per Hand! Missmutig zog er das Schwert aus der Scheide. Nach einer Stunde hämmern, machte er die erste Pause und überlegte, ob es Sinn machte, das Schwert mit dem Schleifstein zu schleifen. Er entschied sich dagegen. *So hätte seine Mission wohl nicht beginnen sollen.* Immerhin hörte er jetzt Geräusche von außerhalb. Ein Plätschern und Rauschen... Er war in der Nähe eines Gewässers. Gerade hatte er sich etwas ausgeruht, als durch die mittlerweile vielleicht 40 cm große Öffnung eine riesige Seeschlange mit pfeilschneller Geschwindigkeit auf ihn zuschoss.

Meine Mission endet, noch bevor sie beginnt...

* * *

Es war schon nach der achten Stunde des Tages, als Aldonas aufstand. Ein Vorteil, Schüler des großen Kotoran zu sein, war, dass man länger ausschlafen konnte. Nach der morgendlichen Meditation ging er runter in die Küche. Salana machte gerade das Frühstück. Der Duft von Paprika, Zwiebeln und Knoblauch lag in der Luft. Sie schaute kurz auf, als er sich an den Küchentisch setzte, und senkte schnell wieder den Kopf. Obwohl sie vom Meister selbst beschworen worden war, merkte man ihr die Angst auch vor Aldonas an. Sie kam aus dem Alten Königreich, wo heutzutage nur noch wenige Menschen lebten – die Orks hatten dort ethnische Säuberungen im großen Stil vorgenommen. Er wusste praktisch nichts von ihr. Der Meister war manchmal ziemlich brutal zu ihr. Würgemale am Hals und ihre zerkratzten Unterarme legten dafür Zeugnis ab. Immerhin hatte Aldonas sich an ihren Namen erinnert. Für ihn stand sie sowieso nur knapp über der Stufe der Milchkühe. Während er das deftige Frühstück zu sich nahm, starrte er gelangweilt auf die großen Brüste in ihrem Ausschnitt, auf denen sich ebenfalls ältere blaue Flecke abzeichneten. Er hatte sich jetzt schon mehr als zehn Wochen keine Gespielin mehr beschworen. Es war immer ein Glücksspiel, welche Art von Frau man heraufbeschwor. Am Anfang war er immer schon richtig aufgeregt gewesen, wenn er nur den Beschwörungskreis zeichnete, die magischen Ingredienzen platzierte und das Zeichen für „Frau" in den Sand zeichnete. Aber es konnten alle möglichen Frauen erscheinen: junge, alte, reife, dicke, dünne, hässliche und schöne Frauen. Der Meister hatte ihm eines Tages dann die Zeichen für verschiedene Alter beigebracht. Ab da hatte er immer nur noch Frauen bis maximal 25 Jahre für sich beschworen.

Der viele Knoblauch trieb ihm die Tränen in die Augen. Er herrschte Salana an: „Habe ich dir nicht schon hundertmal gesagt, nicht so viel Knoblauch ans Essen zu geben?!" Sie duckte sich schuldbewusst und murmelte eine Entschuldigung. Er hatte Lust, sie zu schlagen, aber er wollte das lieber seinem Meister Kotoran überlassen. Nachdem er den Rest des Frühstücks heruntergeschlungen hatte, ging er ins Labor. Hier fühlte er sich richtig wohl. Kaum hatte er die Schwelle mit den ins Holz geritzten Symbolen überschritten, roch er die abgestandene Luft mit dem Aroma von altem Blut, Kot, Alkohol und Ruß. Es war düster, bis er die abgebrannten Kerzenstummel ausgetauscht und die neuen Kerzen angezündet hatte. Das dauerte eine ganze Weile, aber er machte es gern. Der Raum hatte eine 5 m hohe Decke, sodass auch große Kreaturen hierin beschworen werden konnten. Die Länge war beinahe 10 m und an der linken Wand entlang waren mehrere 2-m-Durchmesser zählende Beschwörungskreise in den Boden gezeichnet. Die Breite maß 6 m. Genau gegenüber war ein riesiges, zweiflügeliges Tor, das nach draußen öffnete. Eine Aldonas unbekannte Zwergenmechanik bewirkte, dass man das schwere Tor mit einem gerade mal armlangen Hebel öffnen und schließen konnte. An der rechten Wand waren, quer aufgereiht, mehrere Schränke mit den „Arbeitswerkzeugen" der Beschwörer, bei deren Anblick sich einem Normalsterblichen die Nackenhaare sträuben würden, sollte er sie jemals zu Gesicht bekommen. Dort waren auch der Opferaltar und sein Schreibtisch. Misstrauisch schaute er sich um. Er konnte den frischen Dämonenkot riechen, aber sah den Dämon der Gattung Daimonius nicht. Im „Handbuch der Dämonologie" steht der Daimonius in der Kategorie der niederen Dämonen. Sie haben die Fähigkeit der Metamorphose, was ihnen ein breites Spektrum von Ameise bis Elefant bei einer Verwandlung einräumt. Aldonas schaute sich um und versuchte sich auf die Emanationen des Bösen zu konzentrieren. Das Böse wie das Gute zu fühlen, ist überlebenswichtig für einen Beschwörer. Gute Beschwörer können sogar noch innerhalb von Gut und Böse Abstufungen fühlen. Und Aldonas war im Begriff, ein herausragender Beschwörer zu werden. *Wo war diese diabolische Intelligenz?* An seinem linken Arm begann es leicht zu kribbeln und er wendete sich nach links hin zu einem Bücherschrank mit jahrhundertealten Büchern und Folianten. „Elfenkunde I-III", „Magische Kreaturen des Südens", „Drachenkunde für Fortgeschrittene", „Symbole der Macht"... Plötzlich fühlte er sich beobachtet. Auch seine linke Hand wurde jetzt warm. Hier war das Böse fast greifbar. Und dann sah er sie auf dem Bücherschrank. Eine kleine Spinne schaute ihn an. Ihre Augen schienen ihn regelrecht höhnisch anzufunkeln.

„Verwandle dich sofort in einen Satyr!", befahl er mit gewohnt fester Stimme.

Bei Dämonen musste man immer auf der Hut sein. Sofort sprang die Spinne vom Bücherschrank und noch im Fallen schauten ihn gemeine Augen unter kurzen Hörnern an. Der Dämon landete auf seinen Bocksbeinen und fragte mit süffisanter, betont unterwürfiger Stimme.

„Wie kann ich meinem Herrn dienen?"

„Zuerst einmal entsorgst du deine stinkenden Hinterlassenschaften und dann sehen wir uns am Beschwörungskreis für Tiere!"

„Und warum sollte ich das tun?", säuselte der Dämon herausfordernd.

Oh, es war wieder soweit. Waren schon wieder zwei Wochen seit dem letzten Mal vergangen?

Normalerweise gehorchen unterworfene Dämonen sofort. Allerdings kann man sie nur begrenzte Zeit binden. Je länger sie einem dienen müssen, desto stärker versuchen sie, sich zu widersetzen. So wie beim Beschwören muss das Wesen erneut unter den Willen des Beschwörers gezwungen werden. „Willensschlacht" war der Fachausdruck in der Sprache der Beschwörer dafür. Hier zeigt sich das Kaliber des Beschwörers. Hat er eine außerordentliche mentale Stärke, kann er ohne Weiteres höhere Dämonen bezwingen, bei nur mittelmäßiger oder schwacher Mentalkraft braucht er seine Schutzkreise.

Ohnehin war gerade kein Schutzkreis in der Nähe, sodass Aldonas auf sich gestellt war. Der Daimonius – den Aldonas, da er weiblich war, Ariella getauft hatte, – hatte seinen Ausbruchsversuch örtlich gut gewählt. Jetzt galt es, die Unterwerfung mit allen Mitteln aufrechtzuerhalten. Ansonsten müsste Aldonas um sein Leben kämpfen. Außer dem Opferdolch hatte er gerade keine Waffe bei sich. Er fühlte die volle Wucht des Angriffs, der vom Dämon ausging. Ein Beobachter von außen sähe nur Dämon und Menschen sich mit verzerrten Gesichtern gegenüberstehen. Keiner von beiden bewegte sich, nur das angestrengte Keuchen wies auf den geistigen Machtkampf hin, in dem die beiden sich befanden. Aldonas legte seinen ganzen Hass und Machtwillen in die Errichtung einer schwarzer Obsidianmauer um den dämonischen Geist. Aber sogleich merkte er, dass er die Kontrolle so nicht halten konnte…

* * *

Es war kurz vor Mittag und Gemmetta bereitete gerade das Essen zu, als vor ihr die Luft flimmerte und das Gesicht von Acoatlan erschien, dem Gott von Wissenschaft, Weisheit und Magie. Sofort warf sie sich auf den Boden, streckte die Arme von sich.
„Oh mein Gebieter, was kann ich Unwürdige für Dich tun?"
„Steh auf und schaue mich an!" Gemmetta tat wie ihr befohlen.
„Begebe dich in unseren Tempel des Lichtes und der Dunkelheit. Dort wirst du weitere Instruktionen erhalten. Du gehst auf eine äußert wichtige Mission. Verabschiede dich von deinem Mann und deinen Kindern, vielleicht wirst du sie nicht wiedersehen."
Das Flimmern in der Luft verschwand und Gemmetta blieb wie betäubt zurück. Da der Gott nicht gesagt hatte, wann und wie es passieren sollte, nahm sie an, dass *sofort* gemeint war.
Sie war noch immer überwältigt: Acoatlan höchstselbst war vor ihr erschienen – ihr, dem Halbblut. In ihr stiegen Bilder ihrer frühesten Erinnerung auf: wie sie alle als Kinder vor der Statue Acoatlans auf dem kalten Steinboden knieten. Alle waren sie Waisenkinder oder Ausgesetzte, die im Tempel ihre letzte Zuflucht hatten. Acoatlan hatte ihr Kraft gegeben, die Hänseleien und Grausamkeiten der an-

deren Kinder zu ertragen. Jeden Tag aufs Neue musste sie erfahren, dass sie anders war. Wenn ihr ein Fehler unterlaufen war, war sie ausgiebig von der gnadenlosen Schwester Almira verprügelt worden. Öfter verlangte sie, dass sich Gemmetta gänzlich auszog und versuchen sollte, ihre grünliche Haut weißzuwaschen. *Dreckiges Orkblut* hatte sie Almira immer genannt. Und gern zog sie sie an ihren spitzen Ohren, die es ihr scheinbar besonders angetan hatten. Ohne Schwester Basaldes Trost hätte sie es nicht ausgehalten. Selbst Halb-Oger kannte sie alle Vorbehalte gegen Mischlinge und die Verachtung, die ihnen entgegengebracht wurde. Mit ihrer fast mütterlichen Fürsorge war sie ein Quell des Trostes. An sie geschmiegt, hatte sie manche Träne geweint. Sie hatte ihr auch die Bedeutung ihres Namens erklärt. „*Gemmetta* heißt kleiner Edelstein, meine Liebe! Vergiss das nicht – dein wahrer Wert liegt in deinem Inneren…" Und so hatte Gemmetta sich in die Bibliothek verkrochen, verschlang die Bücher geradezu. Sie schliff ihren Geist, und als sie die Weihe zum Akolythen von Acoatlan empfing, waren die grausamen Spötter verstummt. Ihre heilenden Hände hatten sich kurz nach ihrer ersten Menstruation manifestiert. Als sie schließlich den ersten Zauberspruch über ihre Lippen hauchte und sie die gewaltige Kraft spürte, die jede Faser ihres Körpers vibrieren ließ, hatte sie gewusst, dass sie bereit war, neben Acoatlan einen Mann aus Fleisch und Blut in ihr Leben zu lassen. Sie verließ den Tempel physisch, um mit Kuhlon zusammenzuleben, der bei ihr nicht den Orkanteil sah. Innerlich blieb sie dem Tempel und Acoatlan treu und diente ihm, soweit es ihr als Mutter möglich war. Sie bereitete sich für höhere Aufgaben in der Tempelhierarchie vor – vielleicht sogar einmal Hohepriesterin zu werden. Und jetzt kam es ganz anders. Sie sollte von Acoatlan selbst beauftragt auf eine geheime Mission gehen…

Jeden Moment musste ihr Mann kommen, um zu Mittag zu essen. Als der Mann kam, rief sie die Kinder und sie setzten sich an den Tisch. Bevor sie das übliche Tischgebet sprachen, sagte sie ihnen, dass sie zu einer Mission müsse und sie sich vielleicht nicht mehr wiedersehen würde. Die Kinder begannen zu weinen. Sie hatte zwei kleine Töchter und einen Sohn, der bereits acht war. Es tat ihr in der Seele weh und sie bedankte sich auch bei Kuhlon, der sie trotz ihres orkischen Blutes zur Frau genommen hatte – sie halb Mensch, halb Ork. Sie bedankte sich bei ihm für all die schöne Zeit, für die Kinder und ihr bisheriges gemeinsames Leben. Dann packte sie ihre Sachen und machte sich auf den Weg – mit Tränen in den Augen. Sie drehte sich nicht um, als sie die Haustür verließ. Die Umarmung ihres Mannes schmerzte sie, aber so war das Los, wenn man einem Gott geweiht war…

* * *

Der Elb war so überrascht, dass er nicht mehr hätte ausweichen können. Wenige Zentimeter vor ihm trafen die riesigen Zähne aufeinander. Zu seinem Glück war der hintere Körper der Seeschlange massiger als der Kopf und passte nicht durch die Öffnung. Sie verfing sich in der unregelmäßig geformten Öffnung. Reflexartig packte er sein Schwert, während das Monster den Schlund weit aufriss und ihn…anhauchte. Zugegeben war der Atem fischig und unangenehm, aber an der Überraschung in den Schlangenaugen konnte er ablesen, dass eigentlich etwas anderes hätte passieren sollen. Ohne lange zu zögern, stieß er mit dem Schwert in den Schlund und versuchte die Region zu treffen, in der das Gehirn oder die motorische Steuerung sein könnte. Verzweifelt versuchte die Riesenschlange, sich durch die Öffnung zurückzuziehen. Indes war es zu spät. Der Stich hatte gesessen. Und der ganze Frust der Situation ließ ihn ein Stakkato von Hieben und Stichen ausführen, bis sich das Untier nicht mehr rührte.

Jetzt hatte er ein neues Problem: Der leblose Körper der Schlange versperrte das Loch. Wohl oder übel musste er den Körper an der Öffnung durchtrennen, sodass der eine Teil nach außen, der andere Teil nach innen fiel. *Zumindest musste er sich um das Abendessen keine Sorgen machen…*

Andererseits war der ganze Raum jetzt knöcheltief mit Blut bedeckt. Hier konnte er unmöglich schlafen. Draußen hatte sich die Geräuschkulisse verändert. Er hörte ein Schäumen und Rauschen. Als er durch die jetzt freie Öffnung schaute, sah er Haie und andere, ihm unbekannte Meeresbewohner sich um die Reste der Riesenschlange balgen. Und soweit er schauen konnte, war kein Land am Horizont zu sehen.

Nach zwei weiteren Stunden hatte er es geschafft, die Öffnung so zu erweitern, dass er seine Behausung verlassen konnte. Vorsichtig stieg er auf das „Dach". Um ihn herum war das Meer, in allen Richtungen endlos bis zum Horizont. Er war hier gefangen. Seine „Insel" bestand aus dem eiförmigen, metallischen Raum, der darunter eine Art Felsnadel aus grauem Gestein hatte. Es fiel jäh in tiefes Meer hinab. Alles wirkte, als sei das „Ei" das Ende eines riesigen Pfeiles aus Fels, der in das Meer geschossen worden war. Was sollte er jetzt tun…?

* * *

Pandor weckte Minelle.

„Minelle", sagte er in Gedanken zu ihr. „Minelle, dein Herr und Meister möchte mit dir sprechen". Minelle gähnte, streckte sich, stand auf und ging zu dem kleinen Altar, den sie in ihrem Zimmer hatte. Sie zündete eine kleine Kerze an und ritzte sich am linken Handgelenk. Frische Blutstropfen gesellten sich zu den eingetrockneten auf dem rauen Altar. Und im Spiegel vor ihr erschien das Gesicht ihres Meisters Keldor. Keldor war ein Dämonenlord, sozu-

sagen Minelles „Chef". „Minelle, ich habe einen sehr unge-
wöhnlichen Auftrag für dich".

Minelle unterdrückte ein Gähnen und fragte verschlafen.
„Ja, Meister, was kann ich tun?"

„Gehe zum Tempel des Lichtes und der Dunkelheit in Magnora auf Yodan. Dort wird man dich erwarten. Du vertrittst
mich in einer immens wichtigen Mission. Und mit dem erfolgreichen Abschluss dieser Mission werden wir eventuell
die Eintrittskarte in das Pantheon der Dunkelheit lösen. Ich
möchte, dass du teilnimmst, ich möchte, dass du diese
Mission mit all deinen Fähigkeiten unterstützt. Alles Weitere wirst du im Laufe der Zeit erfahren."

Das Gesicht im Spiegel verblasste und war verschwunden.
Minelle blieb etwas überrascht zurück. Sie schob eine
schwarze Locke aus der Stirn und schaute in ihr verschla-
fenes Gesicht. Ihre smaragdgrünen Augen waren immer
noch verwundert geweitet.

*In das Pantheon aufgenommen werden? Um was ging es
hier überhaupt?* Der Rapport mit ihrem *Verbündeten* Pandor war wie immer stark und mühelos konnte sie seine
Gedanken lesen. Er war genauso überrascht wie sie.

Jetzt darf ich aber wieder zurück ins Bett, oder? Pandor
signalisierte Zustimmung. Obwohl ein gestaltwandlerischer
Dämon mit allen Möglichkeiten, bevorzugte er die Gestalt
eines großen, schwarzen Setters. Minelle legte sich wieder
hin und schlief sofort weiter. Am nächsten Morgen machte
sie sich mit aller Sorgfalt zurecht und war bereit für eine
ungewöhnliche Reise...

* * *

Aldonas ließ den Dämon gegen die mentale Obsidianmauer
anrennen und gab ihr vorübergehend das Triumphgefühl,
sich befreien zu können, während er gleichzeitig begann,
ein kompliziertes Gestrüpp aus Feuerdornen um den Geist
des Dämons zu weben. Am überraschten Gesichtsausdruck

seines Gegenübers konnte er sehen, dass seine Taktik Erfolg gehabt hatte. Das war dem Dämon scheinbar bisher noch nicht vorgekommen. Sein Widerstand erlahmte und Aldonas merkte, dass er wieder die volle Kontrolle hatte. Eine weitere Willensschlacht war gewonnen! Aber er hatte wieder etwas Neues aus seinem Repertoire anwenden müssen. Und mit jedem neuen Kniff lernte auch ein Dämon dazu und hatte es leichter, wenn er in ein bis zwei Wochen wieder eine Herausforderung wagen würde. Es war Zeit, den Dämon bald entweder freizulassen oder zu beseitigen. Leider gehen Dämonen nicht so einfach, wie es beispielsweise andere Wesen tun. Sie sinnen auf Rache und warten nur auf eine Gelegenheit, dem Beschwörer ihre Versklavung heimzuzahlen.

„Mach hier sauber und warte, bis ich zurückkomme!", bellte er die Dämonin an, drehte sich um und ging in Richtung Wirtschaftstrakt zurück. Als er die Küche betrat, beschlich ihn ein seltsames Gefühl. Es war auf einmal im Haus zu ruhig, zu still.

Das schien heute nicht sein Tag zu sein! Erst eine Willensschlacht und dann dieses seltsame Gefühl. Etwas schien zu – fehlen. Irgendetwas stimmte nicht. Salana war ebenfalls nicht zu sehen. Die Küche sah so aus, als ob sie nur kurz weggegangen war, um Kräuter aus dem Garten zu holen. Er schloss die Augen und fühlte nach anderen Wesenheiten, die um das Haus herum und darin sein sollten. Als Erstes spürte er sein Luft-Elemental, das den Weg um das Haus herum bewachte. Es ist normalerweise unsichtbar, kann sich aber durchaus verstofflichen. Es wirkt wie ein schneller Luftwirbel mit einer Art Kugel im Zentrum, die die Funktion eines 360°-Auges hat. Elementale hassen Beschwörer! Umgekehrt sind Elementale die bei Beschwörern beliebtesten Wesen. Elementale hegen keine Rachegefühle. Wenn sie die Willensschlacht gewinnen, verschwinden sie einfach in ihre jeweilige Dimension. Und der Beschwörer kann sie auch gefahrlos freilassen, da sie dann ebenfalls einfach verschwinden. Meister Kotoran hatte meist zwei Elementale dauerhaft im Einsatz: Einen Erd-Golem, der die Nordseite seines Anwesens bewachte und für die groben Arbeiten wie Bäume fällen oder Holz hacken benutzt wurde; dann gab es da noch ein Wasser-Elemental, das den südlichen Bach bewachte und sich darin auch aufhielt. Daneben hatte er Salana als Sklavin und einen niederen Dämon für Sachen, die sonst noch anstanden. Aldonas spürte aber gerade keines dieser Wesen. Außer seinem Daimonius war kein Dämon in 100 m Umkreis. So weit konnte er schon fühlen. Meister Kotoran konnte sogar im 2-km-Radius die Anwesenheit von fast allen Wesenheiten spüren. Aldonas' Wahrnehmungsfähigkeiten schwankten je nach Tagesform zwischen 50 und 100 m. Salana war jedenfalls weiter als 50 m entfernt, denn er konnte sie nicht spüren und sein Meister war ebenfalls nicht innerhalb dieser Reichweite.

Seltsam, ohne zu frühstücken, geht Meister Kotoran nie aus dem Haus.

Außerdem stand erst in 14 Tagen wieder ein Ausflug zum nahegelegenen Markt von Karazzo an. Der Meister hätte ihn bestimmt wissen lassen, dass er das Haus verlassen würde. Beunruhigt ging er die Treppe hinauf. Die Stufen waren von einem Golem aus Granit geformt und blank geschliffen worden. Die groben Unregelmäßigkeiten der Golemarbeit gaben dem ganzen einen Hauch von Gebirgsatmosphäre, verstärkt durch die ebenfalls granitenen Wände. Oben am Treppenabsatz angekommen näherte er sich dem Bereich von Meister Kotorans Gemächern. Sie nahmen Dreiviertel des oberen Stockwerkes ein. An der Zugangstür klopfte Aldonas zaghaft. Normalerweise öffnete ihm hier der niedere Dämon oder Salana. Beide konnte er nicht spüren – und auch nicht den Meister. Vielleicht war das ja ein Test und Kotoran benutzte einen Zauber, der verhinderte, dass der junge Beschwörer ihn fühlen konnte. Vorsichtig drückte er die Klinke herunter und trat zögernd ein. Nichts geschah. Es war immer noch gespenstisch ruhig.

Sei kein Hasenfuß und bestehe den Test! Bestimmt will der Meister dir etwas Neues beibringen!

Er versuchte, sich innerlich zu beruhigen. Ein mit dicken Wandteppichen geschmückter Gang führte geradeaus in Kotorans Arbeitszimmer. Dort war niemand. Immer wieder beeindruckte Aldonas die penible Ordnung, die beim Meister herrschte. Alles hatte seinen Platz. Auf dem Boden waren verewigte Kreise der Macht, die jederzeit schnell aktiviert werden konnten. Anders als Beschwörungskreise, die entweder Wesen oder Elementarkräfte beschwören konnten, dienten die Kreise der Macht dazu, sich Magie aus anderen Sphären zu eigen zu machen: die Macht von Priestern, Heilenergie, Spruchmagie, aber auch solch schwierige Dinge wie Teleportation. Es gibt keine sicherere und schnellere Art zu reisen wie Teleportation von Machtkreis zu Machtkreis. Alchemisten und Beschwörer verdienten eine Menge Geld damit, dass sie vermögenden Kunden, ihre Kreise zur Verfügung stellten. Hier war Kotoran auch nicht. Aldonas suchte nach und nach erfolglos in allen Zimmern, bis zum Schluss nur das Schlafzimmer übrig blieb. Das war das Allerheiligste. Das hatte er bisher noch nie betreten dürfen. Etwas unschlüssig stand er davor, bis er seinen ganzen Mut zusammennahm und klopfte.

„Meister, ich bin es, Aldonas!" Keine Antwort.

Nach zwei weiteren vergeblichen Versuchen drückte er auch hier die Klinke herunter und trat ein. Ein muffiger, süßlicher Geruch stieg ihm in die Nase. Dieser Geruch kam ihm bekannt vor, obwohl er ihn erst ein oder zweimal gerochen hatte. Er öffnete die Tür so weit, sodass Licht aus dem Gang in das Zimmer fiel. Das Schlafzimmer selbst hatte als Vorsichtsmaßnahme keine Fenster und war dementsprechend dunkel. Nachdem sich seine Augen an die Dunkelheit gewöhnt hatten, sah er Meister Kotoran im Bett liegen. Erleichtert näherte er sich dem Bett und wollte ihn am Arm schütteln. Als er diesen berührte, war der eiskalt. Vor Schreck trat er einen Schritt zurück.

Der Meister konnte doch nicht... Auf einmal fiel ihm der Geruch wieder auf, dieser unangenehm süßliche Geruch. Jetzt erinnerte er sich, woher er ihn kannte. Während der Ausbildung hatte er auch Untote beschwören müssen – und die rochen genauso oder schlimmer... Es war die einsetzende Verwesung.

Was fange ich jetzt nur an...?

* * *

Es war eine klare Vollmondnacht. Nachdem er den langen Lobgesang zu Ehren Hakoans gen Himmel geheult hatte, war Jestonaaken erschöpft. Erschöpft vom Singen, erschöpft von der durchwachten Nacht und er fiel in einen tranceähnlichen Schlaf, der ihn oft zum Ende von Vollmondnächten überkam. Doch diesmal war anders, alles war viel klarer. Obwohl er träumte, war er bei vollem Bewusstsein. Er fühlte sich emporgehoben, fühlte sich eingesogen, eingesogen in die heiligen Hallen, eingesogen von der Kraft *Walhallas* und er fand sich vor dem Thron Hakoans. Ein riesiger Lichtkranz aus funkelndem Nordlicht umgab den Thron und verhüllte die Gestalt des Gottes, doch er wusste genau, dass er dort war und dass er seinem Gott persönlich begegnete.

„Jestonaaken, mein Champion, morgen ist ein großer Tag für dich. Ich habe dich für eine wichtige Aufgabe auserkoren. Mein Hohepriester ist angewiesen, dir einen Boten zu schicken. Du wirst in fremde Länder gehen und mit fremden Wesen zusammenarbeiten. Du übernimmst damit die wichtigste Aufgabe, die je ein Wolfer übernommen hat. Mit deinem Erfolg erwirbt sich das Geschlecht der Wolfer ruhmreiche Anerkennung unter den Wesen der Rubidiumwelt. Ich bin noch ein junger Gott gegenüber den etablierten Göttern und deshalb festigt sich mit dieser Anerkennung auch meine Macht und mein Ruhm wird sich überall in der Rubidiumwelt verbreiten. Du bist mein Paladin, du handelst in meinem Namen– dies ist mein Wille!"

Jestonaaken fühlte, wie der Sog auf die Schnur wieder nachließ. Die silberne Schnur war die direkte Verbindung zwischen von Walhalla und seinem Bauchnabel. Er glitt zurück in seinen Körper, der friedlich geschlafen hatte. Langsam nahm er wieder von seinem Körper Besitz.

Am nächsten Morgen wachte er auf und erinnerte sich noch genau an jede Einzelheit, an jeden Geruch, an jedes einzelne Wort, das Hakoan an ihn gerichtet hatte. Er sah zu seiner Frau hin, die noch schlief - er leckte ihr liebevoll das Ohr stand auf und ging hinüber zu den Kindern. Der Schlafsaal war groß, denn seine zwölf Kinder – acht Töchter und vier Söhne – schliefen gemeinsam. Für die Wolfer war Familie ein und alles. Es erfüllte ihn mit Liebe und Stolz, alle seine wohlgeratenen Blutsträger harmonisch schlafen zu sehen – wie einer der Kleinen sich gerade umdrehte, fast noch ein Welpe und wie die Große, seine älteste Tochter, sein ganzer Stolz, ruhig atmete. Er trat leise an ihr Bett, hielt ihr sanft die Schnauze zu und leckte ihr über die Wange. Sie wurde wach und schaute ihn überrascht an. Er bedeutete ihr mit dem Kopf ihm zu folgen und nahm die Hand weg. Sie gähnte kurz, stieg rasch aus dem Bett auf und folgte ihm lautlos. Draußen in der Kühle des Morgens sprach er zu ihr:

„Meine geliebte Tochter, ich muss euch verlassen. Hakoan, dem auch du geweiht bist, hat mich persönlich mit einer Mission beauftragt. Seid nicht traurig, wenn wir uns lange nicht wiedersehen werden. Ich gehe ins Ungewisse, aber Hakoan wird mich führen. Ich werde mich nachher noch von allen verabschieden, doch ich möchte dir die besondere Verantwortung, die du in unserer Familie hast, deutlich machen."

Er blickte ihr ernst in die Augen: „Du bist die Älteste, es ist an dir, die Ehre unserer Familie weiterzuführen. Und die

Familienehre ist unsere wichtigste Auszeichnung. Alles, was du tust, fällt auf die Familie zurück. Handelst du feige und unüberlegt, entehrt das uns alle. Handelst du dagegen mutig und umsichtig, gereicht das dir und der ganzen Familie zur Ehre.

Meine Mission ist keine leichte und ob ich wiederkehre ungewiss. Und dennoch gehe ich leichten und stolzen Herzens, weil ich dir vertraue und weiß, dass du mich nicht enttäuschen wirst."

Er schloss sie kurz fest in seine Arme. Dann ging er seine Frau wecken, damit sie alle dem Boten einen würdigen Empfang bereiten konnten.

Als der Geheim-Bote zur zehnten Stunde kam, war dieser überrascht über den beinahe festlichen Empfang, und dass er Jestonaaken auf die Abreise vorbereitet fand. Üblicherweise wurden seine Gastgeber von den überbrachten Botschaften überrascht und es herrschten Verwirrung, Durcheinander und Abschiedsschmerz.

Hier aber wurde er bereits erwartet und man servierte ihm ein reichhaltiges Frühstück. Sicher, die Stimmung war gedrückt und um den riesigen Esstisch war es still – was man bei der Größe der Kinderschar nicht gerade erwartet hätte. Aber alles lief geordnet und ohne viel Aufhebens.

Der Bote musste Kojotenblut in sich haben, denn sein Fell wies am Kopf dunklere Stellen auf. Jestonaakens ganze Familie hatte ein mattes, durchgehend hellgraues Fell, denn er und seine Frau stammten von seit Generationen reinrassigen Wolfern ab.

Nach dem Frühstück gingen der Bote und Jestonaaken in die Waffenkammer, wo der gepackte Rucksack bereitstand und Jestonaaken hörte sich die Einzelheiten der Botschaft an, während er seine Vollrüstung anlegte.

Zum Abschied hatte die ganze Familie vor dem Eingang der Wohnhöhle Aufstellung genommen. Wolfer gingen durchaus liebevoll miteinander um, aber große Gefühlsausbrüche und Gesten im Beisein anderer fanden sie befremdlich. So ließ Jestonaaken auch nur kurz einen letzten stolzen Blick über seine Familie schweifen und neigte respektvoll vor Frau und ältester Tochter den Kopf, bevor er seinen Schild schnappte und in federndem Gang sein Abenteuer antrat.

* * *

Knapp eine Woche musste er auf seinem „Ei" ausharren, bis glücklicherweise ein Schiff vorbeikam. Die letzten Tage waren unerträglich gewesen. Einerseits hatte es nur zweimal kurz geregnet, sodass er kaum Trinkwasser hatte, andererseits hatte er bemerkt, dass die Insel sank. Zuerst war es ihm nicht aufgefallen, aber dann war es augenscheinlich geworden. Pro Tag verlor er ungefähr eine Handbreit. Er hatte das faulende Fleisch der Seeschlange als Köder benutzt, um frischen Fisch zu erbeuten, den er roh essen musste, da er kein Brennmaterial mehr hatte. Obwohl er sich im Meerwasser reinigte, so gut er konnte, sehnte er sich nach einem heißen Bad. Er hatte viel Zeit gehabt, die er nutzte, um den Schädel der Riesenschlange vom Fleisch zu befreien und zu säubern. Die Trophäe verstaute er in seinem Rucksack, der damit übervoll war. Auch hatte er das Blut in mühsamer Arbeit aus dem Innenraum geschafft und so eine sichere Unterkunft für die Nacht gehabt, indem er seinen Schild benutzte, um die Öffnung zu versperren.

Und er hatte viel Zeit zum Nachdenken gehabt. Warum war er hier? Alles war ihm fremd. Nichts war ihm vertraut. Er konnte sich an keine Namen erinnern. Nur ein vages Gefühl für eine wichtige Mission stieg immer wieder aus seinem Unterbewusstsein nach oben.

Schlimmer war, dass er sich nach dem ersten Aufwachen an überhaupt keine Zaubersprüche erinnern konnte. Nicht einmal, wie man Zauberei überhaupt benutzt, wie sie funktionierte und er fragte sich ernstlich, ob er nicht einen Wunschtraum gehabt hatte, zaubern zu können.

Dann dachte er über die Schlange nach. Als sie ihn anhauchte, sollte ihn wahrscheinlich ein magischer Gifthauch treffen. Selten benutzen Wassertiere einen magischen Feueratem. Schließlich musste die Beute auch unter Wasser gejagt werden können. Und dazu eignen sich am ehesten eine Giftwolke, ähnlich der Tinte eines Tintenfisches, oder ein elektrischer Stromstoß, der die Beute lähmt. Er hatte weder Giftdrüsen, noch verstärkte Nervenbahnen im Schädel der Riesenschlange feststellen können. Sie musste also rudimentäre Magie zur Jagd benutzen. Dass sie sich darauf verließ, war ihr Verderben gewesen. Wenn also ich keine Magie mehr anwenden kann und auch die Schlange ihre natürlichen magischen Fähigkeiten nicht einsetzen kann, gibt es nur eine Lösung: Das „Ei" oder das Gestein ist antimagisch. Das erinnerte ihn an den Zettel, der vor ihm auf dem Silberrahmen gespannt war, als er erwachte. Er kramte ihn hervor. Immer noch stand darauf:

1. Warte, bis die Wirkung des künstlichen Komas nachlässt!
2. Deine Erinnerung kommt erst nach einiger Zeit zurück!
3. Magie funktioniert hier nicht, Psionik wahrscheinlich auch nicht! Mache alles per Hand!
4. Du hast nur eine Stunde, dann ist dein Luftvorrat verbraucht!
5. Im Rucksack ist eine Magnesiumfackel, mit der du dich durch die Bleiwand schmelzen kannst!
6. Nimm dieses Schriftstück mit! Es wird dir noch wichtige Dienste leisten.

Viel Erfolg!

Lu

Wie sah es mit Psionik aus? Er erinnerte sich vage an Telekinese. Sein Schwert vor sich liegend, versuchte er, es mit den Gedanken zu bewegen. Nichts geschah. Er machte eine der vielen Konzentrationsübungen, die er irgendwann von irgendjemandem in einer fernen Vergangenheit an einem weit entfernten Ort gelernt hatte. Dann probierte er es nochmals. Es geschah – nichts.

Frustriert legte er den Zettel vorsichtig zusammen. „Viel Erfolg! Lu." Wer war Lu? Was hatte er – er war sich sicher, dass den Zettel ein Mann geschrieben haben musste – mit seiner Mission zu tun? Und was war überhaupt seine Mission? So grübelte er mehrere Tage, bis er schließlich das Schiff bemerkte, das in seine Richtung steuerte. Er hatte nichts, womit er Aufmerksamkeit erregen konnte – zumindest nicht die üblichen Dinge wie Feuer, Rauch oder rote Kleidungsstücke.

Aber halt, er hatte ja noch immer seinen Verstand. Wenn man es gewohnt ist, seine Probleme mit Magie oder Psionik zu lösen, vergisst man leicht die Vorteile des gesunden Elbenverstandes. Nachdenklich schaute er sich um. Was könnte er benutzen, um Aufmerksamkeit zu erregen. Die Magnesiumfackel wäre jetzt genau das Richtige gewesen. Trotz des strahlenden Sonnenscheins wäre sie nicht zu übersehen gewesen. Er schaute sich um. Als er vom Dach des „Eies" nach unten stieg, wurde er kurz von seinem Schild geblendet, den er neben der „Tür" außen an die Wand gelehnt hatte. Beinahe wäre er achtlos weitergegangen, als ihm die Lösung seines Problems gewahr wurde. Er schnappte den Schild, stieg wieder auf das Dach und versuchte die Sonnenstrahlen mit seinem Schild Richtung Schiff zu lenken. Nach einiger Zeit bemerkte er, dass das Schiff die Richtung änderte. Er war gerettet.

Das Schiff sah wie ein Handelsschiff aus, das nur mittelgroße Strecken befuhr.

Woher weiß ich das?, fuhr es ihm durch den Kopf. Denn er musste sich eingestehen, dass das Schiff und seine Bauweise ihm vollkommen fremd waren. Man ließ ein Beiboot herunter und zwei Matrosen ruderten zu ihm. Zwischenzeitlich hatte er seinen Rucksack und seine restliche Ausrüstung geholt. Die Matrosen beäugten ihn misstrauisch. Soweit er sehen konnte, bestand die Besatzung ausschließlich aus Menschen. Er ließ sich zum Kapitän bringen, bei dem er sich bedankte. Dieser war erstaunt, ihn hier zu finden.

„Seit mehr als 30 Jahren befahre ich diese Gewässer. Aber diesen seltsamen Felsen habe ich noch nie gesehen. Was ist Ihnen passiert? Wurden Sie etwa vor einer Woche auch von der Flutwelle überrascht?"

„Ehrlich gesagt kann ich mich an nichts erinnern. Ich habe mein Gedächtnis verloren. Sogar meinen Namen weiß ich nicht. Würden Sie mich zum nächsten Hafen mitnehmen? Ich kann Ihnen meinen starken Arm anbieten – und etwas Erfahrung auf See habe ich. Das merke ich daran, wie ich mich auf dem Schiff bewege."

Der Kapitän stimmte letztendlich zu. Bei der Flutwelle vor einer Woche hatte er fünf Männer verloren, und obwohl er eigentlich keine Elben als Matrosen nahm, ließen ihn die Umstände eine Ausnahme machen. Eines blieb noch offen.

„Wie sollen wir dich nennen, Elb?"

Er überlegte, und da ihm nichts einfiel, nahm er den ersten Namen, der ihm einfiel.

„Nennt mich Lu!"

* * *

Es war eine lange Wanderung durch die Wüste gewesen und Altahif und seine Flugschlange Sahif rasteten im Schatten einer *Dinto*-Kaktee, als dieser plötzlich eine Stimme sprach. Die Flugschlange erschreckte sich und stellte sich schützend zwischen den Kaktus und Altahif. Der aber beruhigte im Gedanken seinen Verbündeten. Eine Dryade schälte sich aus dem Kaktus hervor, nackt, wie die

Natur sie geschaffen hatte und Altahif ging ehrfurchtsvoll in die Knie und senkte seinen haarlosen Echsenkopf.

„Ich spreche im Namen aller der Natur besonders verbundenen Wesen – den Tieren, den Pflanzen, den scheinbar unbelebten Steinen. Im Namen der Feen, der Dryaden, der Sylphen – der Bewohner der Meere, der Lüfte, des Landes und der Wüste: Wie schon vor 5000 Jahren ist es erneut an der Zeit. Gewahre der Zeichen! Auf Kalantan bebt die Erde und der große Feuerberg Lakaleta brüllt seine zornige Lava in den Himmel! Das Meer ist in Aufruhr und eine mächtige Flutwelle wird schon bald die Küsten der Yodanischen See verwüsten.

Wie schon vor 5000 Jahren ist es erneut unser aller Aufgabe den Einen zu unterstützen, der die Natur bewahren und wieder in Einklang bringen soll.

Nach 5000 Jahren ist es diesmal einer Dryade zugefallen mit einem aus dem Volk der Echsenmenschen zu sprechen, der dem Einen zu Diensten sein soll. Und unter deinem Volk ist die Wahl auf dich gefallen!

Höre meine Botschaft:

Begib dich umgehend nach Zischlas, der Hauptstadt deines Volkes. Dort erwartet dich ein Bote vom Tempel des Lichtes und der Dunkelheit. Er macht dich mit deiner Mission vertraut. Du wirst all unsere Hilfe erfahren, wenn du sie brauchst. Aber nur du bist für diesen Weg bestimmt, nur du kannst ihn gehen."

Althahif nickte und die Dryade verschwand.

Langsam erhob er sich und umkreiste in einigem Abstand andächtig den riesigen Kaktus. Er zog dabei mit seinem großen Echsenschwanz eine Furche in den Wüstenboden. Als er den Kreis vollendet hatte, bohrte er seinen Druidenstab in die Erde und murmelte geheime, mystische Worte, die einem Uneingeweihten unverständlich wären. Eine Quelle entsprang, als er den Stab aus dem Boden entfernte und Wasser begann langsam die Furche zu füllen, wobei das meiste noch versickerte. An diesem Ort seiner Berufung sollte eine Oase entstehen, mit der *Dinto*-Kaktee als Wegzeichen. Vorsichtig grenzte er den Kaktus mit herumliegenden Steinen gegen das Wasser ab. Auch Sahif half mit und brachte ihm passende Steine mit seinem Maul. Zum Schluss sprach er den Segen der Fruchtbarkeit über das Gebiet, das zur Oase werden sollte.

In Frieden mit sich selbst und seinem Werk begab er sich auf direktem Weg nach Zischlas.

* * *

Aldonas' Ausbildung war zwar so gut wie abgeschlossen, aber er hatte eigentlich mit einem weiteren Lehrjahr gerechnet. Der Tod seines Meisters kam so überraschend, dass er zunächst einige Minuten reglos vor dessen Bett stand.

Wie friedlich er daliegt. Kaum zu glauben, dass er einer der mächtigsten Magier unseres Zeitalters gewesen ist.

Immer nur einen einzelnen Adepten hatte er für jeweils fünf Jahre angenommen. Aldonas war mehr als auserwählt gewesen. Eigentlich hätte er die Zeit bei Kotoran gar nicht erleben dürfen...

Er erinnerte sich an die Zeit in den Gassen von Magnora, der riesigen Hauptstadt Yodans. Yodan war ein vom Ostreich abhängiger, dicht besiedelter Inselstaat und sein von Menschen wimmelndes Zentrum. An Eltern und Familie konnte er sich nicht erinnern. Als Straßenjunge hatte er sich durchschlagen müssen, des Öfteren im wahrsten Sinne des Wortes. Immer hungrig durchwühlte er den Müll der Bürger, um etwas Essbares zu finden. Er war ohne Perspektive, konnte weder lesen noch schreiben und kämpfte jeden Tag ums Überleben. Bis er zu dem Tag, als er gerade einen Müllhaufen durchwühlte und die Luft vor seinen Augen plötzlich flimmerte. Augenblicklich stand er vor einem älteren Mann mit schwarzer Robe in einem riesigen dunklen Raum. Da dieser einen goldenen Dolch in der Hand hatte, wollte er fliehen. Aber sein Körper gehorchte ihm nicht und er konnte sich nicht bewegen. Der Alte schaute in seine Augen und umklammerte seinen Geist. Verzweifelt versuchte er, seinen Geist zu schützen – und auf einmal fühlte er eine unbekannte Kraft in sich aufsteigen, eine Lichtsäule, die seinen Geist schützend einhüllte. Zehn Minuten standen sie einander reglos gegenüber. Schweiß perlte aus jeder Pore. Schließlich befahl der Mann, bevor er verschwand: „Dämon, bewach den Jungen, er ist wirklich stark!"

Sofort hörte der enorme Druck auf Aldonas' Geist auf. In die Erleichterung darüber mischte sich schreckliche Furcht, als er einen leibhaftigen Dämon vor sich sah. Er machte sich in die Hose und merkte es nicht einmal. Der Dämon griente, dass man seine spitzen Zähne sah. Aldonas malte sich schon jede schreckliche Todesart aus. Aber immerhin konnte er sich wieder rühren und merkte, weil er unkontrolliert zu zittern anfing. Schließlich kam der alte Mann zurück.

„Bleib ganz ruhig, Junge. Ich verspreche, dir wird kein Leid geschehen."

In der Hand hielt der Mann jetzt statt des goldenen Dolches einen mit Schriftzeichen verzierten Stab. Er murmelte etwas vor sich hin und richtete den Stab auf Aldonas.

Jetzt verwandelt er mich in eine Kakerlake, ging es ihm durch den Kopf. Doch nichts dergleichen geschah.

„Sieh einer an! Ein Naturtalent, ein Mentalriese. Das kommt einem selten unter!" Der Alte steckte den Stab in die Tasche seiner Robe. Er lächelte. Dann musterte er Aldonas von oben bis unten.

„Du hast in deinem bisherigen Leben nicht auf der Sonnenseite gestanden, habe ich recht? Nun, das wird sich ändern. Heute ist der erste Tag deines neuen Lebens. Dämon, hole Aldena!"

Jetzt erst bemerkte Aldonas, dass er sich vor Angst in die Hose gemacht hatte, und schämte sich. Er hielt seinen Blick gesenkt.

Was war hier los? Warum ist der Mann, der mich gerade umbringen wollte, auf einmal so nett zu mir? Was ist ein Mentalriese?

Er hatte noch nie das Wort „mental" gehört...

Eine schätzungsweise dreißigjährige Frau kam. Das musste Aldena sein. Sie hatte lange blonde Haare und die Kleidung eines Dienstmädchens.

„Nimm diesen jungen Mann mit, bade ihn und gib ihm tüchtig zu essen. Er ist unser neuer Gast..."

Verlegen folgte er der Frau. *Er sollte sich vor ihr ausziehen und baden lassen...?*

* * *

Der Schamane hatte nach Otanios geschickt. Der Zentaur machte sich verwundert auf den Weg zur Schirmakazie. *Warum will der Schamane mit mir sprechen?* Beim Schamanen wartete ein weiterer Zentaur – ein uralter Zentaur und Zentauren konnten wirklich alt werden, 500 Jahre waren keine Seltenheit – der ihm irgendwie bekannt vorkam. *Das war doch...? Nein, das konnte nicht sein.* Aber er war es, es war Schalios, der Oberschamane aller Zentauren der Ebene. Und sogar die versprengten, am Rand lebenden Zentauren, die in ganz kleinen Herden umherzogen, erkannten seine Oberherrschaft an.

Schalios richtete direkt das Wort an ihn:

„Du weißt, wer ich bin." Otanios nickte. „Die Geister haben zu mir gesprochen. Du bist auserwählt, aus unserem Volk auserwählt, für eine besonders wichtige Mission."

„Warum haben die Geister an mich gedacht?"

„Du bist der beste Bogenschütze und der beste Speerkämpfer unseres Volkes. Dein Wissen, deine Erfahrung und dein Können werden gebraucht. Die Mission ist gefährlich und wird Opfer fordern. Sie erfordert einen vollendeten Krieger, aber es liegt an dir, sie anzutreten. Ich möchte dir nicht befehlen, aber ich bitte dich inständig. Du weißt, du kannst immer ablehnen, aber ich bitte dich, es nicht zu tun."

„Ich danke für das Vertrauen und möchte mich dessen als Wert erweisen. Selbstverständlich stehe ich zur Verfügung!"

„Danke!" Schalios schien deutlich erleichtert.

„Begebe dich nach Magnora zum Tempel des Lichtes und der Dunkelheit. Dort erwartet man dich und wird dir deine Aufgabe erklären. Die Hoffnung aller Zentauren geht mit dir."

„Wann soll ich aufbrechen?"

„Am Besten sofort. Regle deine Dinge! Triff dich noch einmal mit deinem Clan und deiner Gefährtin und verabschiede dich. Mach dich sofort auf den Weg!"

„So soll es geschehen."

Otanios machte sich bereit. Er sprach mit seinen Eltern, seinen Brüdern und Schwestern. Eine Frau hatte er noch nicht genommen und seine gegenwärtige Gefährtin weilte nicht hier. Er hinterließ eine Nachricht für sie. Dann packte er die wenigen seiner Halbseligkeiten, die er für wichtig hielt: seinen Bogen mit den Ersatzsehnen, eine Auswahl verschiedener Pfeilarten mit und ohne Widerhaken, und den Speer, den er sich an die Flanke knüpfte. Dazu noch ein paar Dinge, die auf seinem Rücken Platz hatten. Der Schamane hatte ihm einen prall gefüllten Beutel mit Münzen gegeben für seine Reise und die Überfahrt nach Yodan. Otanios war mindestens so schnell und ausdauernd wie ein Pferd, aber die Überfahrt auf die Insel, auf der Magnora lag, würde er bezahlen müssen.

Damit begab er sich auf die Reise ins Ungewisse.

* * *

Lu genoss die Arbeit in der Takelage. Sein elbischer Gleichgewichtssinn und seine Leichtfüßigkeit zahlten sich hier voll aus. Er war gewandter und geschickter als diese rohen, schwerfälligen Menschen.

Sie werden keine guten Sklaven sein!, schoss es ihm durch den Kopf. Er blinzelte und wunderte sich über diesen Gedanken.

An Bord wurde er nicht direkt ausgeschlossen, aber er bemerkte, dass, wenn er in die Nähe kam, Gespräche abbrachen oder das Thema gewechselt wurde. Er tat, als bemerke er es nicht und versuchte stets, freundlich zu sein. Andererseits wollte er sich mit diesen einfachen Menschen auch nicht unterhalten. Sie waren so ungebildet und dabei noch eingebildet. Einfachste Zusammenhänge von Logik und Naturwissenschaft gingen ihnen total ab.

Es gab weder Magiebegabte noch Psioniker an Bord. Den einzigen Psioniker hatte die Flutwelle mitgerissen und seine Fähigkeiten konnten ihn vor der Gewalt des Wassers auch nicht retten. Täglich versuchte er Magie zu üben, aber er machte keine Fortschritte, hatte nicht einmal ein kleines Erfolgserlebnis. So musste man sich fühlen, wenn man zum Anwenden von Magie unbegabt ist. Sehnlichst erwartete er das Ende der Reise. Das Schiff war von Yodan aus auf dem Weg ins Ostreich. Es hatte vor allem Zwergenprodukte an Bord, allerdings keine Waffen. Die wurden in Konvois von bis zu zehn Schiffen transportiert, wobei mindestens fünf Kriegsschiffe darunter waren. Zwergenwaffen waren überall sehr begehrt und wurden praktisch in Gold aufgewogen. An Bord dieses Schiffes befanden sich fein gearbeitetes Geschirr, Trinkbecher und Pokale und seltsame Apparate, die von den Zwergen gebaut wurden. Bei manchen war klar, wofür sie waren, bei anderem erschloss sich Lu der Sinn nicht. Laut Kapitän brachten diese seltsamen Apparate das meiste Geld. Viele waren schon im Voraus bezahlt worden. Auf Yodan gab es eine der größten Zwergenpopulationen dieser Welt. Der Kapitän ließ ihn auch die Seekarten betrachten und beantwortete ihm bereitwillig seine Fragen. Der zentrale Kontinent hatte die Form eines zum Himmel betenden Pfaffen, wie der Seemann süffisant bemerkte. Das Ostreich bildete den rechten Arm, das Tote Land den linken, wobei man sich den Priester kniend, von hinten betrachtet, vorstellen muss. Der Inselkontinent der Wolfer lag im Nordosten. Das Westreich war das größte und mächtigste Land auf dem Kontinent. Nordöstlich schloss sich die Wüste von Ankor an. Östlich davon lagen die Überreste des untergegangenen Elbenreiches. Die Elben hatten über tausend Jahre die Welt beherrscht und waren mit den anderen, humanoiden Rassen sehr willkürlich umgegangen. Im langen 500jährigen Krieg mit sowohl den Zwergen als auch den Orks hatten sie zwar die Zwerge endgültig vertreiben können, um dann aber ihrerseits von den Orks überrannt zu werden. Sie hatten sich dann unter die von ihnen zuvor so verachteten Menschen gemischt und waren dort als Berater, Künstler und Magier tätig. Allerdings hatte man ihnen ihre tausendjährige Unterdrückung nicht vergeben und ihnen wurden überall Misstrauen und unverhohlene Ablehnung entgegengebracht.

Das südliche Inselkönigreich bestand aus mit Dschungel überwucherten Rieseninseln, die einen losen Staatenbund unter König Firat III bildeten. Im Osten gab es noch die sowohl vom Ostreich als auch vom südlichen Königreich beanspruchten sogenannten Inseln des Vergessens. Elbenforscher sollen behauptet haben, dass sie nur die Bergspitzen eines untergegangenen Kontinents seien.

Das tote Land im Nordwesten soll der Schauplatz eines großen Kampfes der Götter gewesen sein. Heute würden dort Untote, Geister und Dämonen hausen, wobei eigentlich niemand dorthin ging.

Im Norden des Zentralkontinents waren der Wälder der Dunkelheit. Ein Großteil wurde von den Wolfern beansprucht, die aus dem Holz der dortigen Bäume ihre Drachenboote herstellten.

Lu prägte sich die Karten so gut wie möglich ein. Sie waren in elbisch beschriftet. Auch an Bord war die Sprache elbisch. Die 1000 Jahre Elbenherrschaft hatten den Völkern dieser Welt diese gemeinsame Sprache hinterlassen. Die Crew an Bord war gemischt. Es überwogen Menschen aus dem Ostreich, gefolgt von Seeleuten des südlichen Inselkönigreiches. Auch drei Matrosen aus dem Westreich waren auf dem Schiff.

Was Religion betraf, war der Kapitän nicht sehr gesprächig. Er schien eine Meeresgöttin des südlichen Pantheons namens Sharad anzubeten. Überhaupt verwirrte die Vielfalt der Religionen Lu. Es gab verschiedene Pantheons mit diversen Göttern, Halbgöttern und Dämonenfürsten. Aber auch monotheistische Religionen wie den Kult um den Affengott der östlichen Inseln des Vergessens. Und es gab eine Art Geheimkult verbotener Götter, der überall subversiv zu finden war und von allen Reichen streng verfolgt wurde. Auch die Wolfer hatten eigene Götter. Sogar Drachen waren zu Göttern erhoben worden und eine Glaubensrichtung nannte sich „Drachenmacht". Eine Stimme in seinem Unterbewusstsein versuchte ihm etwas zu sagen, aber die religiöse Verwirrung ließ sie nicht durchkommen…

Nach zwei Wochen erreichten sie endlich ihren Zielhafen Hanlo. Er verabschiedete sich von der Crew und dem Kapitän, der ihm noch zwei Silbermünzen Heuer gab. Das Wichtigste für ihn war jetzt, jemanden zu finden, der ihm helfen konnte, sein Gedächtnis wiederzuerlangen – vielleicht einen professionellen Psioniker. Aber wo war so einer zu finden…?

* * *

Bergola war gerade im Haus der Diebesgilde von Magnora, um ihren monatlichen Zehnten abzuliefern, als Cedron, der lokale Gildenmeister, in Begleitung eines älteren Menschen auf sie zukam. An solchen Tagen wollte sie einfach nur in Ruhe gelassen werden. Einen Teil der mühsam erarbeiteten Beute abzugeben, widerstrebte ihr aus tiefstem Inneren und sie fragte sich immer wieder, ob es die Sache wert war. Andererseits profitierte sie vom Schutz und den Einrichtungen der Gilde. Blitzschnell legte sie ihren mürrischen, gequälten Gesichtsausdruck ab und schaute betont freundlich auf die beiden alten Männer, die vor ihr zum Stehen kamen.

„Bergola, das ist Jahef!", sagte Cedron bedeutsam, „Wir müssen uns unter sechs Augen unterhalten." Jahef war der Oberste Gildenmeister der Rubidiumwelt.

Sie gingen in das geheime Konferenzzimmer des Gildenmeisters. Cedron war ein Meisterdieb, dessen Ruhm weithin bekannt war. Mittlerweile war er alt geworden und doch rankte sich manche Geschichte um seine berühmtesten Einbrüche, Wagnisse und Gesellenstücke.

„Bergola, du bist ohne Frage der beste Dieb dieser Welt. Der Tempel des Lichtes und der Dunkelheit ist an die Diebesgilde herangetreten, um einen unserer Besten zu rekrutieren, der an einer wichtigen Mission teilnehmen soll. Du wurdest gewählt, weil du nicht nur die beste Diebin unserer Zeit bist, sondern weil du dich auch mit Zwergenmechanik und Gebäuden so gut auskennst.

Du wirst dafür belohnt werden – mehr als du es dir vorstellen kannst. Aber du kannst auch leicht dein Leben verlieren, denn dies ist eine Mission, deren Ausgang ungewiss ist."

Bergola war überrascht, fast verlegen, dass sie so bekannt war, überrascht und erschrocken, dass sogar der Tempel des Lichtes und der Dunkelheit von ihr gehört hatte.

„Du kannst natürlich Nein sagen. Man würde es dir nicht übel nehmen. Wir können auch nichts Weiteres sagen, denn die genauen Ausmaße dieses Auftrages wirst du erst

von den Abgesandten des Tempels erfahren. Jahef und ich möchten dich dennoch bitten, den Auftrag anzunehmen."
„Bergola", sagte Jahef mit einer ruhigen angenehmen Stimme, „dies ist ein Auftrag, wie er vielleicht alle zehn Generationen einmal an einen Zwerg herangetragen wird. Und du wirst mit seltsamen Wesen unterwegs sein. Auch ich bitte dich: Stimme zu und helfe mit! Ich danke dir, egal welche Entscheidung du triffst. Es ist die größte Herausforderung, die dir im Leben je begegnen wird."
Bergola handelte fast mechanisch. Tief aus ihrem Unterbewusstsein kam das klare Ja, hinter dem sie zuerst durch die vielen Unwegsamkeiten der Aussprache fast gar nicht stehen konnte. Sie hielt ihr Wort. Natürlich wusste sie nicht, dass die Anführerin bei dieser Mission eine Elbin sein würde. Wer weiß, ob sie es sich dann anders überlegt hätte...

* * *

Aldonas schichtete zusammen mit seinem Dämon den Scheiterhaufen auf. Er fand es passend, seinen Meister zu verbrennen und seine Asche in den nahen Bach zu streuen. Acht Jahre hatte er insgesamt bei Meister Kotoran verbracht, seit er mit zehn von ihm aufgenommen worden war. Am Anfang hatte ihn das Abschlachten der Tiere und anderer Wesen abgestoßen, aber zurück auf die Straße wollte er auch nicht. Irgendwann hatte er sich an die „berufsspezifischen" Grausamkeiten gewöhnt. Der Meister hatte jedes erdenkliche Tier und Wesen beschworen, dass man sich vorstellen konnte. Einmal hatte er aus Jux sogar einen Wal beschworen und das verendete Tier dann auf dem Markt von Karazzo in Stücken als Delikatesse verkauft. Ein Beschwörer kennt keine Geldprobleme, Hunger oder Einsamkeit. Ihn interessiert nur Macht. Und die letzten Geheimnisse aller Macht auf Erden bergen die Großen Kreise der Macht. Mit ihnen konnte man Tote auferwecken, in andere Dimensionen reisen, kurzzeitig die Fähigkeiten von Spruchmagiern bekommen, eine Armee Untoter kontrollieren und vieles mehr.

Aldonas hatte einige Machtkreise von Meister Kotoran gelernt. Den zum Auferwecken der Toten leider nicht. Andererseits wollte er seinen Meister gar nicht wiedererwecken. Denn vielleicht war jetzt er selbst der mächtigste Beschwörer auf Erden.

Er hielt die Fackel an den Scheiterhaufen und schaute zu, wie mit Kotoran sein altes Leben vor ihm verbrannte...

* * *

Man erkannte unschwer die Macht und den Einfluss, den der Tempel in weiten Teilen dieser Welt hatte. Die Einrichtung war beeindruckend prunkvoll, aber – mit den schwarzen Kerzen in den Leuchtern und den schwarzroten Wandbehängen – düster. Im Tempel des Lichtes und der Dunkelheit wechselte man sich ab. In geraden Jahren stellte das Licht den Archonten und in den ungeraden die Dunkelheit. Es war ein ungerades Jahr und Crossos, der Gott der Zerstörung, war an der Macht. Sein Hohepriester saß auf dem Thron, flankiert von den Hohepriestern der anderen Hauptgötter, jeweils umgeben von einer ganzen Schar von Erzpriestern, Priestern und Hilfspriestern, Akolythen und Neophyten in respektvollen Abstand, sodass keiner das eigentliche Gespräch belauschen konnte.

Ihnen gegenüber stand ganz alleine eine Elbin.

„Danke Lacarna, dass du unserem Ruf nach Magnora gefolgt bist!"

„Ich bin erstaunt, wie Ihr mich gefunden habt."

Der Archont lächelte milde: „Wir haben unsere Wege."

Und dann ließ er Lacarna wissen, dass die Götter *sie* bestimmt hätten, eine Expedition anzuführen, deren Mission so geheimnisumwittert war, dass die Götter selbst den Hohepriestern noch nicht offenbart hatten, um was es genau ging. Doch die Götter hatten betont, dass Lacarna die beste Wahl sei, weil sie besondere Erfahrungen mitbringe.

„Wir haben in unseren uralten Schriften eine Prophezeiung über das Ende der Welt gefunden. Sie spricht von Zeichen am Himmel und in der Luft, von Zeichen im Wasser, Zeichen im Feuer und Zeichen in der Erde. Diese sind nun aufgetreten. Vorgestern ist am helllichten Tage ein Komet zu sehen gewesen, der auf unsere Welt heruntergegangen ist. Im Yodanischen Meer gab es zur selben Zeit eine riesige Flutwelle, die an den Küsten von Yodan und Windun große Zerstörung angerichtet hat. Tausende haben den Tod gefunden. Der riesige Lavaberg Lakaleta speit schon seit Tagen Asche und man rechnet jeden Moment mit einem riesigen Ausbruch. Seit Kurzem bebt immer wieder die Erde im Westreich. Du weißt etwas damit anzufangen...!?"

„Mmmh..." Lacarna zuckte mit den Schultern und hielt sich bedeckt. Sie kannte die Prophezeiung nicht, aber sie hatte ein ungutes Gefühl, das alles schon einmal erlebt zu haben und fühlte mit dieser Welt.

„Wir können dir nicht befehlen, aber unsere Götter befehlen uns, dich zu bitten: Führe die Expedition an, um unsere Welt zu retten. Wir wissen noch nicht genau, um was es geht, aber es kann eigentlich nur eine Gefahr geben..."

Der Archont und der neben ihm sitzende Hohepriester des Lichts blickten sich kurz an.

Lacarna nickte und stimmte nach kurzem Zögern zu. „Nun ja, ...warum eigentlich nicht..."

„Die Mission muss geheim bleiben und wir können dir nur wenig direkte Unterstützung gewähren. Bis auf uns Hohepriester und einen kleinen Kreis von Göttern weiß niemand davon. Es sind noch weitere zu deiner Unterstützung auserwählt worden. Doch du bist die Anführerin. Jeder von denen muss etwas Besonderes haben, sonst wäre er nicht auserwählt worden. Du bekommst in unserem Gästehaus

Unterkunft, bis alle anderen da sind. Die Götter danken, dass du dieser Mission zugestimmt hast."
Dann begann der Archont mit Lacarna kurz noch Details der Expedition zu besprechen. Um den Mangel an direkter Unterstützung wettzumachen, ließ er es sich nicht nehmen, ihr umfangreiche Mittel zu gewähren, um die Kosten für Ausrüstung, Verpflegung und den sonstigen Aufwand, den eine längere Reise erforderte, großzügig abzudecken. Lacarna war weltgewandt und kampferprobt, aber sie hörte sich geduldig die rührenden Ratschläge des Priesters an. Doch als sie dann im Gästehaus allein war, dachte sie: *Ist das ein Vorbote meines Schicksals? Holt mich jetzt mein Schicksal wieder ein? Ob es hier vielleicht auch ein Dimensionstor gibt, durch das ich mich einfach verkrümeln kann, wenn es schlecht läuft...?*

Kapitel 2

Lacarna wartete in einem kleinen Versammlungsraum im Tempel des Lichtes und der Dunkelheit auf ihre Gefährten. Als Erstes wurde der Zentaur Otanios zu ihr geführt. In vielen Mythen wird der Zentaur als Mischung zwischen Mensch und Pferd beschrieben. Lacarna hatte das nie verstanden, denn das war nicht der Oberkörper eines Menschen, sondern eines Elben, sicherlich eines breiten Elben, stark und muskulös, aber auf jeden Fall ein Elb mit spitzen Ohren, eher länglichem Gesicht und diesen ebenmäßigen schönen Zügen, die die anderen Humanoiden so an den Elben attraktiv fanden. Auch sie konnte sich der Wirkung, die ein elbisches Gesicht und ein maskuliner Elbenkörper in seiner muskulösesten Ausprägung ausübte, nicht entziehen. Sie wurde innerlich warm und sie freute sich, mit Otanios zusammenzuarbeiten. Sie hatte vor 50 Jahren eine Affäre mit einem Zentauren gehabt, die fast ein halbes Jahr gedauert hatte. Dass es nicht geklappt hatte, lag an der Sehnsucht ihres Gefährten nach weiten Ebenen, nach flachem Land, nach Überschaubarkeit. Der Zentaur hatte sich in der ländlichen Ansiedlung, in der Lacarna schon fast 60 Jahre wohnte, eingeengt und unwohl gefühlt. *Wie schade!* Sie erinnerte sich mit leisem Schauer an leidenschaftlich verbrachte Nächte und kräftige und ausdauernde Lenden. Otanios begrüßte sie nach Pferdeart zurückhaltend und auch diese oft nur scheinbare Schüchternheit löste ein verstärktes Herzklopfen in Lacarna aus.
Ja, die Zentauren mit ihrer sturen Rechtschaffenheit; immer versuchten sie, auf der Seite des Guten zu kämpfen. Aber ist das Gute nicht oft Ansichtssache und eine Frage der Auslegung? Er hatte die typischen Waffen der Zentauren, den Langspeer und den Bogen mit Köcher, neben sich auf die linke Seite des Sattels geschnallt. Der Sattel war einfach gehalten und durchaus geeignet, dass jemand da-

rauf reiten konnte. Zentauren waren dem nicht abgeneigt, obwohl meistens der Sattel multifunktional war, einerseits konnte man darauf reiten, andererseits hatte die Zentauren darauf ihre wenigen Halbseligkeiten. Auf der linken Seite war der Speer – auseinandergeschraubt. In seiner Standardlänge war er vielleicht viereinhalb Meter lang. Es waren zwei 2-m-lange Stäbe, während beide Seiten an Speerspitzen endeten. In der Mitte war ein stählerner Griff mit Noppen, woran der Speer gehalten wurde. In ein Gewinde konnte man die Speerenden einschrauben. Auch einen großen rechteckigen Schild konnte er auf der rechten Seite erkennen. Wie üblich waren weder Wappen noch sonstige Zeichen auf dem Schild, sondern es war einfach ein fein gezimmerter Holzschild, der mit ausgeblichenem Leder überzogen war. Sie stellten sich einander vor und warteten auf die weiteren Gefährten. Dass ein Zentaur ihr erster Gefährte war, löste in Lacarna eine positive Grundstimmung aus, die ihr nach der Nervosität des Wartens und den Zweifeln, was es mit dieser Mission auf sich hatte, gut taten.

Der zweite Neuankömmling war eine Zwergin. Obwohl sehr viel über die Feindschaft zwischen Zwergen und Elben gesprochen wurde, traf das auf Lacarna nicht zu. Natürlich kannte sie die Geschichte, dass nach dem langen, langen Kampf die Elben auf dieser Welt Zwerge in alle Winde zerstreut, aus ihren Minen gejagt hatten und einen hohen Blutzoll dabei bei den Zwergen genommen hatten. Dass die Zwerge nicht gut auf die Elben zu sprechen waren, war klar. Sie hoffte, dass das ihre Beziehung und ihre Mission nicht beeinflussen würde – aber kann jemand wirklich aus seiner Haut heraus...? Sie wusste es nicht. Die Zwergin hatte nur eine leichte Lederrüstung an und war vielleicht 1,10 Meter groß, breit aber überhaupt nicht dicklich, eher sehnig und durchtrainiert. Eigentlich fast ungewohnt, wo Zwerge das Wohlleben, das Essen und das Zwergenbier über alles schätzten. Bergola stellte sich als Diebin vor.

Über ihrer leichten Lederrüstung trug sie einen dunkelgrauen Umhang, der am Hals von einer schwarzen Brosche zusammengehalten wurde. Sie hatte einen sehr kleinen Rucksack auf dem Rücken, der nur 30 auf 30 Zentimeter war und Lacarna fragte, was sie wohl Kleines mit sich herumtrüge. Nicht einmal die bei weiblichen Menschen übliche Handtasche wäre so klein gewesen. Bergola hatte einen Bart, der ihr über die Brüste reichte. Beide Seiten waren mit schwarzem Obsidian-Schmuck zusammen geflochten, aber immer so versetzt, dass die Steine nicht klackern konnten. Diese Art von Mode hatte Lacarna bei den Zwergen noch nicht gesehen. Ansonsten hatte Bergola wieselflinke, intelligente Augen, denen nichts zu entgehen schien. Ihre Pupillen konnten sich sehr schnell von nah auf fern umschalten und umgekehrt. Lacarna hatte immer das Gefühl, dass Bergola sie beobachtete. Überhaupt schien Bergola immer alles im Blick zu haben, Lacarna, den Zentauren und die Umgebung. Scheinbar war sich Bergola immer ihrem Standort im Raum bewusst, den Abständen, Maßen und Positionen. Sie war sicherlich kein Gegner, den man überraschen konnte. Lacarna war froh, sie in ihrer Gruppe zu haben, denn mit so jemandem in ihrer Gruppe waren Hinterhalte fast unmöglich.

Als Nächstes gesellte sich eine junge, farbige Frau aus dem Süden hinzu. Sie hieß Minelle. Begleitet wurde sie von einem schwarzen Setter mit auffallend intelligenten Augen. Wahrscheinlich war er ein Verbündeter. Lacarna war immer davor zurückgeschreckt, die Verbindung mit einem Verbündeten einzugehen. Von heute auf Morgen nicht mehr allein in ihrem Kopf zu sein, ihre Gefühle zu teilen mit einem natürlichen oder übernatürlichen Wesen und gleichzeitig immer dessen fremdartige Gedanken und Gefühle wahrzunehmen, fand sie eine abstoßende Vorstellung. Dass es von vielen als Bereicherung angesehen wurde, konnte sie noch zugestehen, aber diese ewige Verbindung mit einem anderen Wesen in dieser Enge widersprach ihrem überstarken Willen nach Freiheit und Unabhängigkeit. Der Verbündete war dem Gegenpart untergeben und dienstbar – das brachte die magische Natur dieser Verbindung mit sich. Lacarna war der festen Überzeugung, dass sich Wesen auf gleicher Ebene und ohne Zwang frei und unabhängig begegnen sollten. *Nie würde sie eine Verbindung mit einem Verbündeten eingehen!* Minelle selbst stellte sich als Hexe von Keldor vor. Lacarna nahm das gleichmütig auf, obwohl sie niemals auf die Idee gekommen wäre, einem Dämonenlord zu verehren geschweige denn, ihm zu dienen. Sie hatte in ihrem über 900-jährigen Leben schon einiges gesehen und erlebt, sodass sie in Glaubensfragen nichts infrage stellte. Minelle war vielleicht 1,75 Meter groß, schlank und trug ihre dunklen, krausen Haare zu einer seltsamen Frisur aufgesteckt, die das Symbol von Keldor bildete. Es war halbmondförmig und eine Seite erinnerte an das Horn eines Dämonen. Die stolze Frau trug überhaupt keine Rüstung und hatte ein langes fließendes Gewand in Grün- und Goldtönen. Das helle Grün gab ihrem dunklen Hautton eine Betonung, die mit dem Gold noch verstärkt wurde. Ihre Arme waren gänzlich frei. Das Kleid reichte nur kurz über die Knie und außer einem Dolch an ihrer Seite hatte sie keine Bewaffnung. Sie hatte eine Art kleinen Rucksack bei sich, der in einem hellen braun-beige gehalten und aus fein-punziertem Leder war. Er hatte viele kleine Außentaschen und Lacarna vermutete darin Schminkutensilien, Spiegel und Kosmetika, denn in Minelles Gesicht waren einige Farbtupfer zu sehen, ihre Lider waren mit einer grünlich-schimmernden Schminke belegt und ihre Wangen wiesen eine leicht dunkelrötliche Färbung auf, die man nur durch ihre Spiegelung auf der braunen Haut wahrnahm. Ihre Lippen hatte sie mit einer goldenen Farbe bedeckt, die vielleicht aus Skarabäuspulver hergestellt worden war.

Das war ja eine bunte Gruppe bisher!, ging es Lacarna durch den Kopf, aber es kam noch bunter.

Als Nächstes stieß der Echsenmensch Altahif zu ihnen. Lacarna hatte auf ihren langen Reisen auf dieser Welt bereits Echsenmenschen kennengelernt. Er war ein typischer Vertreter, haarlos mit Schuppen bedeckt, neigte er seinen massigen Kopf. Obwohl sein Kopf dem Aussehen eines Leguans ähnlich war, war er doch rundlich und sehr humanoid. Seine Sprache war mit einem Zischeln unterlegt, was es manchmal schwer machte, ihn zu verstehen. Lacarna konnte Echsenmenschen kein Alter zuweisen. Er konnte 50, aber er konnte auch 1000 Jahre alt sein – das wusste sie nicht. Er war fast zwei Meter groß und hatte eine lange beige Robe an, die sowohl Arme als auch Beine bedeckte. Um seinen Hals schlängelte sich das Auffallendste, was er bei sich hatte. Es war eine Flugschlange. Lacarna hatte bislang noch keine Flugschlange gesehen. Wahrscheinlich war es der Verbündete von Altahif. Denn Altahif war ein Druide und Druiden waren die Bewahrer der Natur und gingen mit einem Totemtier eine innige Verbindung fürs Leben ein – das war wohl diese Flugschlange. Er stellte sie als Sahif vor und auch sie schaute Lacarna mit intelligenten Augen an. Die bräunlich-grünen Schuppen auf Altahifs Stirn ließen kaum Regungen erkennen, keine Mimik oder Gestik wie man sie bei Humanoiden sah, war bei ihm abzulesen. In der Hand hielt er einen Stab von 2,20 Meter Länge. Sie hatte von den berühmten Druidenstäben gehört, in denen mächtige Energie innewohnen sollte. Jetzt sah sie einen vor sich. Eigentlich war er nichts Besonderes. Es war einfach ein etwas dickerer Ast, stabil lange, gut geformt, aber immer noch durchaus zierlich mit kleinen Astansätzen – jedoch ohne Kerben. Um die Stelle, wo scheinbar der Echsenmensch öfters hin griff, waren kleine Symbole um den Stab herum eingeschnitzt, aber ansonsten sah er wie ein ganz gewöhnlicher Stab aus. Ob er einen Rucksack bei sich trug, konnte sie nicht gleich erkennen, denn unter seiner Robe war viel Platz für Vermutungen und alles, was darunter sein könnte.

Als Vorletztes traf Gemmetta ein. Jetzt wurde doch Lacarna etwas mulmig und auch die anderen Gefährten sogen sie Luft hörbar ein, als Gemmetta eintrat. Sie kam in der hellgrauen Robe des Gottes der Weisheit und Magie Acoatlan. Wie Altahif war sie mit ihr gänzlich eingehüllt, doch man konnte sehr gut ihre grünlich schimmernde Haut, Hals und Gesicht sehen, die ihr orkisches Blut verriet. Eine Halb-Ork-Frau. Lacarna wunderte sich, dass es überhaupt Halb-Orks gab, aber dass es theoretisch möglich war, war ihr klar. Aber dass in der Gesellschaft von Menschen ein Halb-Ork sich bewegte, war für sie sehr ungewöhnlich. Sie konnte sich nicht erinnern, einen Halb-Ork jemals gesehen zu haben. Es gab sicherlich Mischungen zwischen Kobold und Ork, Goblin und Ork sogar von einem Oger-Ork-Mischling hatte sie schon mal gehört, der als Wächter eines reichen Kaufmanns im Westen angestellt war. Aber eine Mischung zwischen Mensch und Ork fand sie doch sehr ungewöhnlich. Gemmetta war sich der Blicke auf sich bewusst. Obwohl Bergola immer ihren Gesichtsausdruck beherrschte, hatte sie doch beim Anblick von Gemmetta die Augenbrauen in Ablehnung zusammengezogen – nur für einen kurzen Moment, aber Lacarna hatte es bemerkt. Oje, hier steckte erhebliches Konfliktpotenzial drin! Bin ich über meine Vorurteile gegenüber Orks erhaben? Ich weiß es nicht. Umgekehrt als Minelle sich vorstellte, merkte man bei Gemmetta, wie ihre Gesichtszüge entgleisten. „Keldor, ein Dämonenlord?" Mehr sagte sie nicht, doch es war klar, dass sie das missbilligte und Lacarna sah sich schon als Schlichterin von häufigen Streitereien.

Als Letztes gesellte sich der Wolfer Jestonaaken zu ihnen. Wenn Lacarna gedacht hatte, dass sie eine bunte und schwierige Gruppe zu führen hatte, so war mit dem Eintreffen des drei Meter großen Wolfers als Gefährten jetzt der Zeitpunkt gekommen, an dem die Grenzen ihrer Führungsfähigkeiten überschritten wurden. Wolfer überfielen mit ihren Drachenboten die Küsten aller Reiche und hegten nur eine lose Freundschaft zu den Orks und Riesen. Dass es der Wolfer überhaupt unbehelligt und unverletzt bis in den Tempel geschafft hatte, verwunderte Lacarna. Gerade Magnora war vor zwei Jahren von einer Wolferflotte überfallen worden, die große Teile des Hafens durch Feuer zerstört hatte. Jestonaaken steckte in einer Vollrüstung aus bläulichem Stahl. Ein Halbhelm ließ ihm Sicht in alle Richtungen. Ein riesiger Rucksack, der sowohl über Schulter als auch Gesäß hinausragte, befand sich auf seinem Rücken. In der rechten Hand hielt er einen riesigen, bläulichen Schild mit dem Wappen seines Gottes.

„Ich bin Jestonaaken, Paladin von Hakoan, dem Gott des gerechten Krieges!", stellte er sich in abgehacktem Elbisch vor, das eher an ein Knurren erinnerte.

„Wo sind die Feinde, die meinen Stahl schmecken wollen?"

* * *

Endlich fand Lu das Gildenhaus der Magier. Er hatte Glück. Es war „Tag der Kunden". Man konnte seine Probleme mit einem Berater besprechen, der einem dann ein Gildenmitglied vermittelte. Man riet ihm zum Besuch bei Berrow, einen fortgeschrittenen Psioniker in der Hafenstadt.

Endlich erfahre ich, wer ich bin!

Er brach sofort auf und summte eine alte Elbenmelodie auf dem Weg zum Psi-Spezialisten.

Hanlo war eine eher dreckige und heruntergekommene Hafenstadt des Ostreiches an der Nord-Yodanischen See. Trotzdem hatte die Flutwelle vor drei Wochen kaum Schäden angerichtet, da wegen der gelegentlichen Angriffe der Wolfer, der Hafen und die Stadt mit hohen Mauern befestigt waren. Dem Umland war es nicht so gut ergangen. Viele Flüchtlinge, die ihr Hab und Gut durch die Flutwelle verloren hatten, campierten innerhalb und außerhalb der Stadtmauern. Spannung lag in der Luft. Das konnte Lu spüren, als er sich durch die mit Menschen übervollen

Gassen seinen Weg bahnte. Der Stil des Ostreiches war schnörkellos und funktional. Selten sah man Verzierungen an Häusern. Die Kleidung der Bewohner war eher schlicht und in Naturtönen gehalten. Leinen, Wolle und Leder waren die vorherrschenden Materialien. Die Elbenfrau in ihrem grünen Seidenkleid, die von vier fahlhäutigen Menschensklaven in einer offenen Sänfte aus Mahagoni mit Elfenbeinintarsien getragen wurde, fiel völlig aus dem Rahmen.

Schließlich erreichte er das Haus des Psionikers und wurde vorgelassen. Der Psioniker war ein älterer, beleibter Mensch in den Fünfzigern mit schütterem, weißem Haar. Im Behandlungszimmer setzten sie sich an einen Tisch.

„Was ist Ihr Problem?", fragte Berrow mit einer falsettartigen Stimme.

„Ich habe mein Gedächtnis verloren und möchte Sie bitten, meine Erinnerungen wieder zu vervollständigen.", schilderte Lu sein Anliegen.

„Aha, eine Amnesie. Nun, das ist keine leichte Angelegenheit in Ihrem Fall, da ich ihre Erinnerungen Stück für Stück wieder zusammensetzen muss. Sie sind ein Elb mit sicherlich mehreren Hundert Jahren zurückreichenden Erinnerungen...mmh...mmmh...da kommt etwas auf uns zu. Ich würde mal sagen...fünf Tage brauchen wir mindestens. Mein Tagessatz ist Hundert Goldstücke. Es kann sein, dass es länger dauert..."

Lu verschlug es für einen Augenblick die Sprache. Er hatte als Matrose für zwei Wochen harte Arbeit gerade mal zwei Silberlinge erhalten. Zehn Silberlinge entsprachen einem Goldstück. Der Psioniker verlangte ein Vermögen von ihm! Wahrscheinlich konnte man mit 500 Goldstücken ein großes Haus samt schönem Garten hier in einer guten Wohngegend kaufen. Soviel Geld hatte er nicht. In dem Beutel, der in seinem Rucksack gewesen war, waren zehn Gold- und 20 Silbermünzen gewesen – allerdings ohne Prägung...

„Ich muss sagen, das ist ein stolzer Preis. Und um ganz ehrlich zu sein – so viel Geld habe ich nicht!"

„Tja, da kann ich nichts machen. Meine Preise sind weitestgehend von der Gilde vorgeschrieben. Ich bin zwar der einzige professionelle Gilden-Psioniker in der Gegend, aber ich bin mir sicher, dass Sie auch in anderen Städten mit einem ähnlichen Preis rechnen müssen."

Die Stimme des Psionikers schrillte in Lus Ohren. Er war verzweifelt und wurde langsam wütend. Allerdings durfte er es sich mit dem vielleicht einzigen Psioniker weit und breit, der ihn heilen konnte, nicht verscherzen.

„Kann ich die Behandlung in Raten zahlen? Ich habe zehn Goldstücke und einige Silberlinge ..."

Der Psioniker winkte ab und stand auf.

„Sehen Sie, Sie sind neu in der Stadt, kennen niemanden, der für Sie bürgen kann und Sie haben nicht einmal 10 % der benötigten Summe ... es tut mir Leid, aber so geht das nicht!"

Der Psioniker komplimentierte Lu freundlich, aber bestimmt aus dem Haus.

500 Goldstücke... Wo und wie soll ich die nur auftreiben...?

* * *

Sie waren jetzt schon zwei Wochen auf Yodan zu Pferde unterwegs. Wegen Bergola, der Zwergin, kamen sie nur langsam voran. Sie ritt unbeholfen auf einem Pony. Auch Altahif, der Echsenmensch aus der Wüste von Ankor, war es nicht gewohnt zu reiten. Doch am meisten Rücksicht mussten sie auf den Wolfer Jestonaaken nehmen. Er lief zwar zügig in seiner glänzenden Vollrüstung neben den Pferden her, aber mehr als ein leichter Trab war nicht drin. Otanios, dem Zentauren, fiel es sichtlich schwer, immer nur langsam vor sich hinzutraben. Überhaupt war die Gruppe in jedem Dorf eine Attraktion, sodass sie unmöglich unbemerkt irgendwo hinreisen konnten – sehr zum

Ärger der Elbin Lacarna, der Anführerin. Minelle aus dem südlichen Inselkönigreich fiel als Mensch nur durch ihre dunkle Hautfarbe auf. Doch den größten Aufruhr erregte Gemmetta als Halborkfrau. Offene Feindschaft schlug ihr in den meisten Dörfern entgegen. Am meisten störte die Bewohner der menschliche Anteil an ihr. Lacarna vermied es deshalb, so weit es ging, in Dörfern haltzumachen, außer, wenn sie ihre Vorräte auffrischen wollten. Komplettiert wurde diese ungewöhnliche Reisegruppe durch Minelles schwarzen Setter und Altahifs Flugschlange, die er meist um den Hals trug. Schließlich einigten sie sich darauf, dass Vorräte nur noch von Lacarna und Minelle gekauft wurden. Mit dem Wolfshund an ihrer Seite hielten sich auch die Männer in den Ortschaften zurück, zumal ein Blick von Lacarna jeden unflätigen Spruch sofort ihm Keim erstickte.

Der heutige Tag war ruhig verlaufen, die üblichen Animositäten innerhalb der Gruppe hatten sich in Grenzen gehalten. Wenn sieben riesige Egos aufeinandertreffen, konnte es keine Harmonie geben. Dann ist jedes Wort höfische Diplomatie, zumindest sollte sie es sein. Denn ihre Begleiter waren nicht aufgrund ihres diplomatischen Geschicks ausgewählt worden – leider. Und sie waren noch nicht komplett. Sie sollten diesen größten lebenden Beschwörer ausfindig machen, irgendwo in den Hügeln in der Nähe von Karazzo. Erst dann wären sie komplett, so er denn mitkäme. Alles hing von ihm ab. Ohne ihn war auch diese Welt dem Untergang geweiht.

Nein, so etwas durfte sie nicht denken!, schalt Lacarna sich in ihren Gedanken. *Es gibt eine reale Chance! Schließlich haben es die Bewohner dieser Welt schon einmal geschafft – vor langer, langer Zeit…*

* * *

Lu brauchte Geld, also brauchte er einen Job, da er im unehrlichen Gelderwerb keine großen Kenntnisse und keine Ausbildung hatte.

Bei einem Geldwechsler hatte er die Hälfte seiner Gold- und Silbermünzen in die Währung des Ostreiches eingetauscht. Dass er dabei einen Silberling einbüßte, lag vor allem an den ungeprägten Goldstücken, die nicht dem Abkommen von Magnora unterlagen, wie der Geldwechsler erklärte. Das Abkommen von Magnora war vor mehreren Jahrhunderten getroffen worden und besagte, dass alle Goldstücke der Unterzeichnerreiche den gleichen Goldanteil haben mussten, sodass überall auch die Währungen aus anderen Reichen akzeptiert werden konnten. Später hatte man diese Regelung auch auf Silber und Kupfermünzen ausgedehnt. So gab es überall unterschiedliche Arten von Münzen, deren Werte vergleichbar waren.

Dieser Verlust durch die Gebühr des Geldwechslers schmerzte Lu etwas, aber so konnte er die nächste Zeit zumindest entspannt überstehen, ohne jedes Mal fragende Blicke oder gar handfeste Ablehnung zu riskieren, wenn er bezahlte. Die meisten Dinge des Lebensunterhalts wurden sowieso mit Kupfermünzen bestritten, wobei zehn Kupfermünzen einem Silberling entsprachen. Er hatte sich ein Fremdenzimmer in einem Gasthof gesucht und begann sich zu erkundigen, wie die „Tarife" der einzelnen Gewerbe waren. Ein Diener verdiente ungefähr fünf Kupfermünzen die Woche, ein Leibwächter zwei Silberlinge. Alle Gewerbe unterlagen Gildenbeschränkungen. Manchmal waren verschiedene Gilden für dieselbe Tätigkeit zuständig. So boten sowohl die Assassinengilde als auch die Söldnergilde Engagements als Leibwächter an. Schließlich stieß er per Zufall auf die Abenteurergilde. Ein Gast in seiner Bleibe erzählte ihm davon. Die Abenteurergilde war der Umschlagplatz für längere Engagements, meist verbunden mit Reisen und Kampf. Vor allem waren hier auch Magier außerhalb der Magiergilde beschäftigt. Doppelmitgliedschaften in verschiedenen Gilden waren die Regel. So waren viele Diebe sowohl in der Diebesgilde als auch in der Abenteurergilde Mitglied und teilten ihre „Einkünfte" je nachdem, woher der Auftrag gekommen war. Das Haus der Abenteurergilde war direkt am Hafen neben dem Gildenhaus der Seeleute angesiedelt. Dass beide Gebäude von Bordellen flankiert waren, war sicherlich nur zufällig...

Der Jahresbeitrag der Abenteurergilde betrug zwei Goldstücke. Dafür gab es ein Mitgliedszertifikat in zweifacher Ausführung. Eines blieb bei der Gilde und eines führte man mit sich. Sollte das Mitgeführte beim Abenteuereinsatz verloren gehen, stellte die Gilde, nach Prüfung des verbliebenen Originals, ein neues aus.

Mit gemischten Gefühlen betrat er das Gildenhaus. Er brauchte einen richtig lukrativen Job – und zwar so schnell wie möglich.

Sind meine Fähigkeiten hier überhaupt gefragt?

Nach der Enttäuschung von Berrow hatte er endlich (so schien es ihm) Glück. Ein ortsansässiger Alchemist suchte eine Gruppe, die für ihn einen Drachen erlegen sollte. Lu war nicht klar, wofür dieses Morden gut sein sollte, aber ein anwesender Elementarmagier klärte ihn auf, dass Drachenknochen wertvoller als Gold waren, ja man sogar für Seedrachenknochen noch einen Haufen Geld bekam...

Da erfasste Lu freudige Erregung: *Ich habe doch noch die Schädelknochen des Seedrachens in meinem Rucksack in der Herberge. Die mache ich zu Geld...*

* * *

So langsam schaffte die Gruppe Lacarna und raubte ihr den letzten Nerv. Gemmetta und Minelle stritten sich mal wieder. Gemmetta, die Halborkfrau war eine Priesterin von Acoatlan. Acoatlan war der Gott der Weisheit und Magie des südlichen Pantheons. Nur ethisch hochstehende, gute Wesen durften seine Priester werden. Wohingegen Minelle eine Hexe des Dämonenfürsten Keldor war. Hier trafen Feuer und Wasser aufeinander...

„Warum muss ich mit einer bekennenden Hexe herumreisen und mich von ihr beleidigen lassen! Du gehörst an den Galgen oder ertränkt!", fauchte Gemmetta.

„Warum muss ich dich schonen, statt dich meinem Herrn und Meister qualvoll zu opfern!", zischte Minelle zurück.

Beide waren schon in der Angriffsposition der Magiebegabten und jeden Augenblick konnte der magische Kampf beginnen.

Die Frauen der Gruppe lebten zuerst die inneren Konflikte der Gemeinschaft aus – wie immer!, dachte Lacarna und fuhr sich nervös über ihre spitzen Ohren. Sie musste eingreifen, sonst würde ihre Mission gleich zu Beginn scheitern. Aber man sah gleich an der Körpersprache, wie sich die Lager gebildet hatten. Der Wolfer Jestonaaken stand als Paladin von Hakoan auf der Seite Gemmettas. Sowieso hatten Wolfer und Orks wenig Probleme miteinander, da beide Feinde der Menschen waren. Dass Gemmetta auch halb Mensch war, zählte für den Paladin nicht. Hakoan war der Gott des Sieges und der gerechten Schlacht. Im nördlichen Pantheon spielten Krieg und Kampf eine große Rolle und gleich mehrere Gottheiten waren für die verschiedenen Aspekte des Krieges zuständig. Hakoans Anhänger waren meist auf der Seite des „Guten". So ließ sich auch die Sympathie des Wolfers gegenüber Gemmetta erklären.

Bergola, die Zwergin, war eine Gilden-Diebin, deren Spezialität Schlösser und Fallen war. Sie und Minelle kamen beide aus dem südlichen Inselkönigreich. Oft sprachen sie abends abseits der anderen über ihre Heimat in ihrer gutturalen Sprache. Bergola hatte sich vorsichtig in der Nähe Minelles postiert.

Obwohl die Zentauren überwiegend als gut galten, verhielt sich Otanios, der Langbogenschütze, neutral bei diesen Disputen. Die Zentauren hatten eigene Zentaurengötter, über die man wenig wusste. Er und Altahif waren – zumindest geografisch gesehen – Nachbarn im weitesten Sinne. An die große Wüste im Westen Ankors schloss sich im Norden die große Ebene an. Das war Zentaurenland. Altahif war ein Wüstendruide. Die Echsenmenschen bewohnten schon seit Elbengedenken große Teile der Wüste Ankor. Sein Totemtier war Sahif, die Flugschlange, die er gern um seinen Hals trug. Der Zentaur und der Druide teilten die Liebe für offene, übersichtliche Flächen und die Natur. Zwischen ihnen hatte sich eine echte Freundschaft entwickelt, die von den verschiedenen Problemlösungen der beiden Völker getragen wurde.

Und Lacarna stand als Anführerin zwischen allen. Richtige Kampfmagier gab es in dieser Welt kaum. Weibliche sowieso nicht. Und Kampfmagierin bedeutete nicht, nur Zaubersprüche für den Kampf zu haben. Nein, sie hatte über 100 Jahre alle Waffenarten von der Pike auf gelernt. Manchmal trainierte sie mit Otanios Bogenschießen und hatte ihn beim Wettschießen sogar ein paar Mal besiegen können.

Der Streit zwischen Minelle und Gemmetta ging in eine neue Runde. Gemmetta hatte einen Dämonenbann über Minelles schwarzen Setter verhängt und der musste erst einmal aus dem Radius des Einflussbereiches fliehen. Natürlich war Pandor kein Tier. Es war ein Dämon mit gestaltwandlerischen Fähigkeiten. Erbost über Gemmettas Attacke auf ihren Verbündeten, setze Minelle zu einer ausgiebigen Fluchkanonade an.

Spätestens jetzt musste Lacarna eingreifen – und sei es mit drastischen Mitteln. Sie konzentrierte sich kurz. Ein Blitz schlug zwischen Gemmetta und Minelle ein.

„Sofort aufhören, ihr zwei!" Lacarna funkelte beide an. Atemlose Stille hatte sich schlagartig ausgebreitet. Man hätte ein Blatt zu Boden fallen hören. Dort, wo der Blitz eingeschlagen hatte, hatte sich das Gestein zu Glas verwandelt. Der Boden rauchte.

„Jetzt hört mir alle einmal genau zu! Ich weiß sehr wohl, wie schwer es euch fällt, miteinander zu arbeiten. Aber ihr habt euch alle – mehr oder minder freiwillig – bereit erklärt, an dieser Mission teilzunehmen. Sobald wir Kotoran erreicht haben, erfahrt ihr die Einzelheiten. Minelle, hat dich Keldor beauftragt uns zu unterstützen, oder nicht?"

„Ja, das hat er!", murmelte die Hexe kleinlaut.

„Gemmetta, hat dir der Orden von Acoatlan nicht die direkte Order gegeben, dass du dich uns anschließt."

„Ja, das haben sie!", brummte Gemmetta.

„Und so ist bei euch allen! Ihr alle wurdet auserwählt oder habt euch freiwillig zu dieser Mission gemeldet. Wenn wir nicht zusammenarbeiten, wird diese Welt in eine Katastrophe steuern. Wollt ihr das?"

Ein vielstimmiges „Nein" erhob sich.

„Dann bitte und befehle ich euch, miteinander zu kooperieren. Ihr müsst euch nicht lieben, ihr müsst euch nicht mögen, aber ich erwarte von jedem Einzelnen von euch, dass er sein Gegenüber achtet und mit Respekt behandelt – das schließt auch dessen Weltanschauung und Religion mit ein. Habe ich mich klar genug ausgedrückt? Gut! – Gemmetta, hebe den Bann gegen Pandor auf! Minelle, du und Pandor übernehmt die erste Wache! Dann reihum Jestonaaken, Altahif, Bergola, Gemmetta und Otanios. Ich übernehme die letzte Wache. Gute Nacht!"

Lacarnas Gedanken rasten.

Wie soll man mit diesen Leuten die Welt retten?

„War es nicht genauso bei uns?", sagte eine innere, ferne Stimme aus einer längst vergangenen Zeit. „Hat nicht unsere Uneinigkeit unser Schicksal besiegelt…?"

Diesmal nicht, diesmal nicht – das schwöre ich!

Voll Kummer rollte sie sich in ihre harte Decke. Sie schlief nicht gern in einem Zelt. Schon als Kind hatte sie nachts gern im Freien geschlafen und dabei zu den Sternen aufgeschaut.

Damals vor über 900 Jahren, als die Welt noch in Ordnung war und die Sterne vertraut…

* * *

Mit dem Seedrachenschädel im Gepäck machte er sich auf den Weg zum Alchemisten. Er war voller Hoffnung.

Ja, wenn Drachenknochen, sogar Drachenschädelknochen, so viel Geld brächten, hatte er intuitiv das Richtige getan. *Alchemisten kaufen also Knochen und andere Körperpartien von magischen Wesen, um irgendetwas daraus herzustellen. Was,* war ihm noch nicht klar. *Interessant…*

Das Gebäude des Alchemisten war ein frei stehendes Haus. Die Nachbarn hielten respektvollen Abstand. Er musste fast lachen: *Sind nicht die Alchemisten auch die, bei denen es immer mal wieder Explosionen gibt?*

Er konnte sich nicht so recht erinnern, gleichzeitig aber hatte er so ein vages Gefühl. *Jaja, mein Erinnerungsvermögen…* Dieses Gefühl zu wissen, dass man etwas wusste oder zumindest mal gewusst hatte, es aber nicht mehr für die Erinnerung greifbar war, das setzte ihm zu. Genauso gut hätte man ihm auch den Schwertarm amputieren können! Und er hatte auch wieder einen Hauch einer Erinnerung: ein Labor. Ein Labor, das er als kurz aufblitzendes Gedankenbild sah. Wenn er sein Gedächtnis wieder hätte, würde er mehr über diese Sachen wissen.

Er fand den Laden des Alchemisten. Die imposante Eingangstür war von zwei in Stein gehauenen Golems bewacht war. Immerhin waren diese vier Meter hoch. Der Laden des Alchemisten an sich war riesig. Schon von außen hatte er gedacht: *Sieh an, was für ein großes Haus!* Aber er hatte nicht gedacht, dass fast das ganze untere Stockwerk eine riesige Ladenfläche war. Überall standen Statuen herum, von einer kleinen Feenfigurine bis zu einer riesigen Dämonenstatue. Alle waren so lebensecht, dass er beim Eintreten zunächst dachte, er sei in eine Versammlung von Dämonen und Teufeln und anderen Wesen geraten, die nur darauf warteten, ihn jetzt aufzufressen – oder ihm anderes Schlimmes anzutun. Aber dem war nicht so! Deutlich konnte er sehen, dass sie aus Stein waren oder zumindest schienen sie aus Stein zu sein. Weiterhin war der ganze Laden voll mit Regalen, die bis zur Decke reichten. Es gab riesige Bücherregale an den Wänden, Glasvitrinen mit Ring und Amuletten, mit Ketten und Kraftsteinen und was man sich sonst noch vorstellen konnte. Es gab sogar eine eigene Abteilung für Waffen, die in verschiedenen Farben und Ausführungen vorhanden waren. Von filigranen Modellen für Feen bis zu gigantischen Ungetümen, die in den Pranken von Ogern und Trollen tödlich waren.

Lu fragte sich, ob solche Wesen in diese Stadt kommen würden. Und er merkte, dass es rechts, links und geradeaus Türen gab, die mit einem besonderen Zeichen versehen war, das er nicht deuten konnte. Vor ihm war der Alchemist, der hinter einer Theke stehend, damit beschäftig, Tinkturen zu mischen. Da sah er hinter ihm das Regal: eine riesige Wand voller beschrifteter Fläschchen, Phiolen, Döschen, Gläsern, kleinen Amphoren. Schon wieder überkam ihn der Hauch einer Erinnerung. *Das kommt mir so bekannt vor!*

Lu grüßte den Alchemisten, der ihn interessiert anschaute und den höflichen Gruß auf Elbisch erwiderte. Der Alchemist selbst war allerdings ein Mensch. Ein in verschiedenfarbigen Klecksen gesprenkelter, ehemals weißer Kittel spannte sich über einem üppigen Bauch. Daneben wirkten seine Arme und Beine spindeldürr und gaben ihm eher das Aussehen eines Frosches – noch dazu hatte er eine Glatze, deren glatte, glänzende Haut einen scharfen Gegensatz zur runzligen Stirn bildete. Ein so akzentfreies Elbisch hatte er hier bisher noch nicht gehört. Viele Menschen hier sprachen Elbisch, aber dieser Alchemist hatte nicht den geringsten Akzent, als wäre er selbst ein Elb oder unter Elben aufgewachsen.

„Ich möchte gleich zur Sache kommen: Ich habe einen Schädel eines Seedrachens und habe gehört, dass man dafür durchaus viel Geld bekommen kann.", begann Lu.

„Mmh!" Die Augenbrauen des Alchemisten hoben sich mit Interesse und es entfuhr ihm ein anerkennender Pfiff, während während Lu den Schädel aus seinem Rucksack befreite.

„Aha! Der Schädel eines *Serpentius maritimus electricus* – sehr interessant!", stellte der Alchemist fest. Darf ich mal...?"

Lu legte den Schädel in die erwartungsvoll ausgestreckten Hände und der Alchemist schloss kurz seine braunen Augen – nur für einen kurzen Moment. Dann machte sich Überraschung auf seinem bartlosen Gesicht breit.

„Oh! Ich wusste gar nicht, dass es auch nichtmagische Exemplare dieser Gattung gibt."

Lu war überrascht: „Und was bedeutet das?"

„Ehrlich gesagt, dass ich den Schädel nicht gebrauchen kann! Ich verarbeite nur magische Knochen, also Knochen von magischen Wesen. Mit diesem Schädel kann ich nichts anfangen."

„Ich dachte, alle Drachen seien magische Wesen..."

„Ja, ich auch. Es überrascht mich selbst, dass es eine nichtmagische Art dieses Seedrachens gibt. Wahrscheinlich habe ich mich da getäuscht! Denn als ich eben den Drachenschädel untersucht habe – mithilfe meiner psionischen Kräfte – war es ganz klar ein *Serpentius maritimus electricus*. Und den kann es gar nicht nichtmagisch geben. Aber...die Knochen sind nicht magisch!"

„Das bedeutet...?"

„Dass ich sie nicht verwenden kann und es deswegen auch leider kein Geld für Sie gibt."

Lu konnte es kaum fassen. Die Hoffnungen, die er sich gemacht hatte, schnell an sein Gedächtnis und seine Erinnerungen zu kommen, wurden von einer Flutwelle der Enttäuschung weggespült. Wie sollte er an die dringend benötigten 500 Goldstücke kommen? Was konnte er noch tun?

„Mmmh...hat der Schädel denn gar keinen Wert?"

„Also um ehrlich zu sein: Ich würde ihnen ein Goldstück geben – einfach weil ich selbst so ein Exemplar noch nie gesehen habe..." Der Alchemist überlegte kurz. „Aber als Andenken und für meine Kuriositätensammlung...dafür kann ich es in Erwägung ziehen. Jetzt aber etwas anderes: Wo haben Sie den Schädel überhaupt her? Wo haben Sie ihn gefunden?"

„In der See um Yodan herum.", sagte Lu bedächtig.

„Dort gibt es aber ohnehin nur wenige Seedrachen. Interessant! Und dann ausgerechnet einen nichtmagischen.....naja, egal. Kann ich sonst noch etwas für Sie tun? Wir haben eine wunderbare Auswahl neuer Gifte hereinbekommen, auch Drachenbann – aber das haben Sie ja bestimmt verwendet, als Sie den Drachen getötet haben."

„Nein, habe ich nicht. Ich habe ihn einfach mit dem Schwert erlegt."

„Oh, da müssen Sie aber ein außerordentlicher Schwertkämpfer sein, wenn Sie einen Seedrachen nur mit dem Schwert töten können. Und wie ich sehe, sind Sie ja auch kein Magier...!"

„Nein, das bin ich nicht! Und ja, ich habe ihn tatsächlich nur mit dem Schwert erlegt."

„Mmmh, Sie scheinen Geld zu brauchen, nicht wahr?"

„Ja, allerdings und ich wollte eigentlich viel Geld für diesen Schädel bekommen..."

„Das hätten Sie auch bekommen! Ich hätte Ihnen mindestens...3.000 bis 4.000 Goldstücke für dieses gut erhaltene Exemplar...gegeben." Dann fuhr der Alchemist fort: „Dazu fällt mir etwas ein: Ich brauche tatsächlich gerade dringend Drachenknochen, um wieder magische Artefakte herzustellen. In der Abenteurergilde habe ich einen Aushang anschlagen lassen, in dem gute Leute für eine Expedition gesucht werden, die auf Drachenjagd gehen – von mir voll finanziert! Ein guter Kämpfer, der schon einmal einen Drachen bezwungen hat, wird sicherlich in jeder Abenteurergruppe willkommen sein. Am Besten gehen Sie mal dahin. Das Gildenhaus der Abenteurer liegt im Hafenviertel, direkt neben dem der Seeleute. Auch ein altes Gebäude wie dieses hier, und ganz seltsame Leute gehen da ein und aus – eben Abenteurer. Verschiedene Rassen – nur Untote dürfen dieses Haus der Abenteurergilde nicht betreten."

Lu hörte interessiert zu. *Das war das Haus, in dem er vorhin gewesen war.*

„Darf ich kurz fragen, was es mit der Abenteurergilde auf sich hat?", fragte Lu neugierig.

Der Alchemist schien Zeit zu haben und erwiderte leutselig: „Viele Gilden unterhalten Gildenhäuser in den meisten größeren Städten. Zu jeder Gilde muss man sich die Zugehörigkeit erkaufen und durch gewisse Abgaben finanzieren. Bei der Abenteurergilde sind 10 % vom Wert der vermittelten Aufträge üblich. Mein Auftrag hat zum Beispiel das Honorar von 100.000 Goldstücken, das heißt 10.000 Goldstücke müssen an die Gilde abgeführt werden. Beim Beitritt in die Gilde bekommt man ein Patent in zweifacher Ausführung. Eines führt man zur Legitimation in jeder anderen Abenteurergilde mit sich und erhält damit Zutritt in die Gildenhäuser und kann deren weitere Dienste nutzen. Das andere wird von der Gilde aufbewahrt, sodass man immer ein Exemplar an einem sicheren Ort als Nachweis hat. So kann man sich zum Beispiel bei Verlust des Ersteren gegen eine kleine Gebühr die Abschrift eines neuen geben lassen. Auf den Gildenpatenten sind Fingerabdruck und Unterschrift…"

„Was soll denn ein Fingerabdruck bringen?", fragte Lu erstaunt.

„Nun, Fingerabdrücke sind so charakteristisch für einen Vertreter einer Spezies – zumindest bei den meisten, dass man so die Identität leicht feststellen kann."

„Aha..." Lu war dankbar für das neue Wissen. „Ich möchte mich bedanken bei Ihnen! Im Laufe des Tages werde ich zur Abenteurergilde gehen und sehen, was sich da machen lässt."

„Mein Name ist Yaro", stellte sich der Alchemist vor, „Sie können sich auf mich berufen! Schließlich bin ich auch der Auftraggeber der Drachenjagd. Ich könnte mir gut vorstellen, dass ein so guter Schwertarm wie der Ihre gern gesehen wird. Und...nehmen Sie den Auftrag ruhig an! Ich werde die Expedition mit guten magischen Gegenständen ausstatten, die Sie dann behalten dürfen. Sie werden Ihnen auf Ihrem weiteren Lebensweg sicher weiterhelfen, sofern Sie die Begegnung mit dem Drachen überleben..."

„Noch einer Frage, werter Yaro: Welche anderen Körperteile von Wesen haben größeren Wert? Nur, falls ich zufällig über welche stolpern sollte..."

„Von magischen Wesen sehr viele. Sogar Elbenknochen haben einen gewissen Wert. Neben Einhornhörnern, Drachenknochen, Engelsfedern und Feenflügeln haben wir Alchemisten auch Interesse an Zungen von Spruchmagiern, egal von welcher Rasse. Je versierter der Magier, desto mehr Geld gibt es für seine Zunge. Es würde aber zu weit führen, alles aufzuführen. Wenn Sie mir die Drachenknochen bringen, gebe ich Ihnen eine Liste mit den interessantesten Ingredienzien."

„Und was machen Sie damit?", fragte Lu neugierig.

„Das ist ein Berufsgeheimnis. Aber ich kann verraten, dass man zum Beispiel mit dem Horn eines Einhorns Tote wiedererwecken kann, und zwar in ihrem optimalsten Zustand – also ohne Narben, fehlende Gliedmaßen oder sogar Muttermale. Nicht wie bei den Priestern, die einen zwar geheilt, aber doch nach einem Kampf beispielsweise ziemlich vernarbt wiedererwecken. Deshalb ist eine Wiedererweckung bei uns Alchemisten erst ab 50.000 Goldstücken zu bekommen..."

Ganz in Gedanken versunken verließ Lu den Laden des Alchemisten.

Abenteurergilde, magische Gegenstände, Alchemisten, Drachenjagd...Sollte er wirklich auf Drachenjagd gehen? Der Seedrache hatte im Prinzip Jagd auf ihn gemacht. Jetzt sollte das Ganze andersherum laufen. *Warum sollte man diese wunderbaren Geschöpfe jagen?* Etwas in seinem Inneren widerstrebte dieser Vorstellung. Im Kern seines elbischen Wesens hatte er Achtung vor diesen Ehrfurcht gebietenden Wesen – ohne Furcht oder Bewunderung. Ihre majestätische Erscheinung und ihre Intelligenz nötigten ihm mit Leichtigkeit den Respekt ab, der diesen magischen Tieren gebührte. Vom Filigranen bis zum Grobschlächtigen war in einem Drachen jede Nuance enthalten. Grobschlächtig die Schuppen und der riesige Echsenschwanz, filigran die Musterungen auf der Schädeldecke, an denen man die Drachenarten, aber auch Geschlecht und Alter herleiten konnte...

Woher wusste er das? Er musste schon einmal etwas mit Drachen zu tun gehabt haben und kurz kamen ihm Bilder von vielen Drachen in den Sinn. Er versuchte einen Zipfel dieser Erinnerung zu erhaschen – aber da waren die Bilder auch schon wieder verblichen...

Er machte sich auf ins Hafenviertel und stand schließlich wieder vor dem Eingang zum Gildenhaus der Abenteurer.

* * *

Karazzo lag hinter ihnen. Ein Jäger und Fallensteller, der Felle und Wildfleisch auf dem Markt verkaufte, konnte ihnen den Weg zu Meister Kotorans Haus beschreiben. Er warnte vor den übernatürlichen Wächtern, die um das Anwesen des Beschwörers Wache hielten. Lacarna bat Gemmetta, mit ihr an der Spitze zu reiten. Priester konnten permanent ohne Konzentration Gut und Böse in einem Wesen erfühlen. Da Beschwörer oft Dämonen als Wächter einsetzten, konnten die Gesandten durch Gemmetta so frühzeitig gewarnt werden. Sie kamen in das beschriebene Gebiet. Niemand hielt sie auf. Sie ritten vorsichtig langsam weiter. Allmählich konnten sie das Anwesen des Beschwörers sehen. Es war burgähnlich aus Granit gebaut oder aus dem Felsen gehauen – genau konnte man das nicht sagen. Die Mauern waren über 5 m hoch. Ein artenreicher Kräuter- und Gemüsegarten blühte vor der kahlen, abweisenden Mauer. Zwischen den Beeten schlängelte sich ein breiter Weg zu einem Tor. Plötzlich materialisierte sich eine kleine Windhose vor ihnen, in der eine silberne Kugel aufblitze.

„Keinen Schritt weiter!"

„Sag deinem Meister, dass uns die Kongregation des Tempels des Lichtes und der Dunkelheit als Abgesandte schickt!"

„Wartet hier!"

Der Luftwirbel verschwand durch das Schlüsselloch des Tores. Fünf Minuten später erscholl eine Stimme über ihren Köpfen.

„Was wollt ihr hier? Das hier ist das Anwesen des größten Beschwörers der Welt!"

Oben über den Zinnen war der Kopf eines jungen, bartlosen Mannes zu sehen. Sichtlich besorgt schaute er auf den zusammengewürfelten Haufen unter sich.

„Ihr müsst der derzeitige Adept des Meisters Kotoran sein! Ich bin Lacarna, die Anführerin der Abgesandten des Tempels des Lichtes und der Dunkelheit – das ist eine ökumenische Organisation für das Nebeneinander der verschiedenen Kulte. Aber Meister Kotoran weiß darüber Bescheid – bitte lasst mich mit ihm sprechen."

„Er ist nicht da!" Dabei fuhr sich der junge Mann fahrig mit der Hand durch das hellbraune, lockige Haar.

„Wann kommt er wieder, wenn ich fragen darf? Wir haben eine wichtige Botschaft für ihn persönlich."

„Um ehrlich zu sein: Er ist vor zwei Tagen verstorben und ich bin jetzt der neue Herr dieses Anwesens.", rief Aldonas stolz herunter.

Oh, nein!, ging es Lacarna durch den Kopf. *Ohne Kotoran konnten sie ihre Mission nicht erfüllen. Andererseits hatten sie eine Priesterin dabei, die Tote wiedererwecken konnte.*

„Hier neben mir ist Gemmetta, eine Priesterin von Acoatlan. Sie kann Kotoran wieder zum Leben erwecken!"

Das Gesicht oben auf der Mauer wurde nachdenklich und mit hörbar nachlassender Überheblichkeit in der Stimme antwortete der Adept:

„Der Wunsch des Meisters war es, nach seinem Tode verbrannt zu werden und dass man seine Asche in dem nahegelegenen Bach verstreut. Das habe ich gestern getan. Ihr kommt zu spät."

Lacarnas Magen krampfte sich zusammen. *Das konnte nicht sein. Das war unmöglich. Ein einziger Tag sollte über den Untergang der Welt entscheiden?* Sie musste mehr erfahren. Wenn dieses Jüngelchen alles war, was von Kotorans Kunst geblieben war, musste sie mit ihm vorlieb nehmen. Immerhin war Kotoran dafür bekannt gewesen, immer nur jeweils einen Adepten anzunehmen und diesen aber gründlich auszubilden. Vielleicht hatte der Junge Talent, das seinen Mangel an Erfahrung wettmachen konnte. Sie musste mit dem jungen Mann näher sprechen.

„Ich bitte dich, mich – wenigstens mich – hereinzulassen und mit dir unter vier Augen zu sprechen."

Der junge Mann zögerte kurz, willigte dann aber ein.

Kurz darauf öffnete sich das Tor und Aldonas ließ sie herein. Durch das Tor gelangte man in einen Innenhof, der von mehreren, großen Gebäuden umsäumt war. An der Innenseite der Mauer waren dicht bewachsene Beete angelegt, die mit verschiedenen Obstbäumen unterbrochen waren. Der junge Mann führte Lacarna in das Speisezimmer neben der Küche, das selten benutzt wurde, da Aldonas und auch Kotoran lieber direkt in der Küche aßen.

„Wasser, Wein oder Bier?", fragte Aldonas, der sich in der Rolle des Hausherrn allmählich gefiel. Gestern hatte er eine neue Frau als Dienerin beschworen. Das Leben ging seinen gewohnten Gang – ohne Kotoran.

„Ja, Wein wäre angenehm, am liebsten rot und schwer."

Aldonas trug der neuen Frau die Wünsche seines Gastes auf. Lacarna fiel die tarantelgroße Spinne auf, die hinter dem Beschwörer auf dem Kaminofen saß. Ihre Haut kribbelte leicht, vielleicht wegen der intelligenten Augen des Achtfüßlers. Nachdem sie mit dem Beschwörer angestoßen hatte, kam sie nicht gleich zur Sache, sondern bemühte sich, Aldonas kennenzulernen. Er hatte das Glas am Kelch oben angefasst und nicht wie sie am Stiel. Und er trank in großen Schlucken und verzog leicht das Gesicht dabei. Ihre Taktik ging auf. Der Junge war keinen schweren Wein gewöhnt. Es gelang ihr, ihn auszuhorchen. Er prahlte bald mit seinem Können und dass er fast so gut sei wie sein verstorbener Meister. Tatsächlich musste er etwas Besonderes gewesen sein, denn seine Ausbildung hatte viel länger gedauert als die sonst üblichen fünf Jahre. Und die längere Ausbildungszeit von acht Jahren ließ auf besonderes Talent schließen und nicht etwa auf Dummheit. Damit hätte sich Kotoran nie abgegeben. Seine Unerfahrenheit konnte ihren Zielen hilfreich sein. In ihr reifte ein verrückter Entschluss heran.

Wenn das Schicksal diesen jungen, unerfahrenen, aber begabten Mann ausgewählt hatte, dann wollte sie es riskieren. Vielleicht hatte Kotoran ihm das notwendige Wissen vermittelt, dass diese Welt retten konnte. Was blieb ihr auch anderes übrig…?

* * *

Da der Alchemist Yaro die Expedition eigenhändig mit magischen Hilfsmitteln ausrüstete, fanden sich Lu und seine neuen Kollegen – ein Elb, drei Menschen – bei ihm ein.

Den ersten magischen Gegenstand, den sie von Yaro bekommen hatten, durften sie leider nicht behalten: Es war ein Dimensionsrucksack. Er fasste bis zu einer Tonne Gewicht und war dabei federleicht. Auch von seinen Ausmaßen her – gerade mal in etwa so groß wie ein Trinkschlauch – war er, im Vergleich zu ihren normalen Rucksäcken, wirklich klein und behinderte den Träger gar nicht. Man bekam sogar die sperrigsten Gegenstände durch die Öffnung. Sobald man sie vor die Öffnung hielt, wurden sie quasi eingesogen und waren auf einmal verschwunden. Entnehmen ließ sich der Inhalt, indem man den Gegenstand benannte und „Erscheine!" sagte.

„Darin könnt ihr die Knochen und eure weitere Beute leicht transportieren. Diesen Rucksack mit den Knochen müsst ihr mir zurückgeben! Die Drachenknochen verwesen darin nicht. Auch sonst wird alles konserviert, was man in den Dimensionsrucksack steckt. Lebende Tiere kann man damit nicht transportieren. Sie sterben sofort, wenn ihr es schafft, sie hineinzubekommen. Anders sieht es mit Samen, Getreide und beispielsweise Hühnereiern aus. Für sie ist es wie ein Zeitstopp. Sie können, wenn man sie herausgeholt hat, wieder sprießen respektive schlüpfen.", erklärte Yaro.

Dann konnte jeder seinen Wunsch für einen magischen Gegenstand äußern. Errollos, der hünenhafte Anführer aus dem Westreich, entschied sich für einen Ring, der als Zauberspruchspeicher fungierte. Darin konnte er drei Zaubersprüche speichern, die er dann zusätzlich zu seiner Zauberenergie benutzen konnte – er konnte also drei Zauber zusätzlich am Tag bewirken. Er musste sie aber vorher – zum Beispiel am Tag davor – auf den Ring zaubern. Lu fand das eine sehr sinnvolle Sache. Wenn er ein Magier wäre, würde er diesen Ring auch wählen.

Lados, der dünne Elementarmagier von der Insel Windun, wollte im ersten Moment auch einen solchen Ring mit diesen Eigenschaften, entschied sich dann aber für einen Magieschutz in Form einer Halskette. Sie bewirkte, dass er Magie leichter widerstehen könnte, wenn er angegriffen wurde. Es war wie ein permanenter Schutzzauber, der seine Magieresistenz erhöhte, die bei fortgeschritteneren Magiern ohnehin beachtlich war.

Naryx, der elbische Psi-Magier aus dem Ostreich, fragte, ob es einen Spruchspeicher für Psi gäbe. Der Alchemist musste das zu Naryx' Unmut verneinen.

„Hier ist ein Bernstein, mit dem man seine Psi-Energie einmal am Tag wieder regenerieren kann. So, als wäret Ihr gerade aus gutem Schlaf erholt und ausgeruht aufgestanden. Er lädt sich über einen Zeitraum von zwölf Stunden von selbst auf."

Der Psi-Magier war sehr erfreut über die Eigenschaften dieses Edelsteins. Dadurch bekam er die Fähigkeit, innerhalb eines Tages doppelt so viel Psi-Magie anzuwenden. Normalerweise regenerierte Naryx seine Psi-Energie vollständig im Laufe einer Schlafphase von mindestens sieben Stunden oder er konnte sie Stück für Stück durch Meditation erneuern.

Die Heilerin Derya, eine dunkelhäutige Schönheit aus dem südlichen Inselkönigreich, fragte nach einem Artefakt für Distanzheilung. Tatsächlich bekam sie ein kupfernes Armband, mit dem sie aus bis zu 15 Metern Entfernung heilen konnte. So brauchte sie ihre Patienten nicht mehr zu berühren. Außer der Funktionsweise interessierte sie aber mehr, wie das Armband zu ihrer Kleidung passte und an welchem Arm es besser zur Geltung kam...

Dann kam Lu an die Reihe. Lu war sich unschlüssig. „Ehrlich gesagt: Ich weiß gar nicht, was es für magische Gegenstände gibt..."

Yaro musste lachen: „Im Prinzip alles, was Ihr Euch vorstellen könnt. Nur kann bzw. will ich Euch das nicht alles geben. Erstens, weil ich nicht alles da habe, und zweitens, die Gegenstände dann teurer wären, als eure Mission mir an Profit bringt. Ich bin schließlich Geschäftsmann! Bedenkt: Ihr alle dürft eure Artefakte behalten. Also wählt gut.“

„Was würdet Ihr mir empfehlen?“

Yaro überlegte kurz. „Nun, Ihr seid als Kämpfer engagiert, Ihr habt bereits einen Drachen erlegt, Euer Schwert ist gut… Ich würde Folgendes vorschlagen: Lasst mir über Nacht Euer Schwert da und ich werde in das Schwert ein paar nützliche Eigenschaften einarbeiten, die es permanent verbessern.“

In Ermangelung einer weiteren Idee nahm Lu das Angebot an.

Am nächsten Tag – kurz vor der Abreise mit dem Schiff – ging Lu nochmals zum Alchemisten, um sein Schwert abzuholen.

„Nun, ich habe die Klinge geschärft, und zwar so, dass sie nie mehr geschliffen werden muss – sie wird immer scharf bleiben. Als Zweites habe ich die Schärfe intensiviert, sodass Drachenschuppen leichter zu durchdringen sind. Ihr könnt sowieso mit dieser Klinge in fast alles stechen – sogar in Fels. Allerdings denkt daran: Dieses Schwert ist dennoch nicht unzerstörbar. Das wäre möglich, aber viel zu teuer gewesen. Und es ist außerdem jetzt eine magische Waffe, sodass Ihr damit Kreaturen verletzen könnt, die nur durch Magie zu verletzen sind. Ansonsten habe ich Euch noch einen Einmalzauber spendiert: Wenn Ihr im Kampf merkt, dass Ihr gerade in einer ausweglosen Situation seid, dann drückt hier auf die Unterseite des Schwertknaufes. Ihr könnt Euch dann innerhalb von 10 Metern an einen beliebigen Ort teleportieren. Wie gesagt geht das nur ein einziges Mal. Nutzt es also gut!“

„Oh, danke!“, Lu war erfreut. *Das hört sich wirklich gut an. Manchmal wäre es ganz gut, nicht am Boden einer Falle zu liegen oder im Kampf plötzlich hinter seinem Gegner stehen zu können. Er konnte sich für diese Funktion Tausende Einsatzmöglichkeiten vorstellen.*

„Wir sehen uns!", verabschiedete Lu sich vom Alchemisten.

„Das hoffe ich!", sagte Yaro. „Nicht nur wegen Euch – ich möchte vor allem meinen Rucksack wiedersehen – am liebsten randvoll mit Drachenknochen."

Lu konnte ein Grinsen nicht unterdrücken. Der Alchemist schien fast wie ein Zwerg zu sein, gerade was das Materielle betraf. Er war raffgierig und konnte nicht loslassen.

Beschwingt machte er sich auf den Weg zum Schiff, das im Hafen auf die Expedition wartete, um sie zu den Dracheninseln zu bringen. Dabei pfiff Lu fröhlich vor sich hin. Plötzlich stutzte er. Die Melodie war ihm völlig unbekannt, Sie war aus seinem Unterbewusstsein gekommen. Er konnte mit dieser Melodie momentan überhaupt nichts verbinden. Hatte er schon immer beim Laufen gepfiffen? Wieder einmal schien sein Körper mehr zu wissen als sein Geist. Während die Töne weiter über seine Lippen kamen, gelangte er zum Hafen. Errollos hatte ihm das Schiff beschrieben. Es war ein Schoner, nicht besonders groß, aber schnittig und hochseetauglich. Dort würde er die Gefährten wiedersehen.

Die Reise auf dem Schiff sollte zwei Wochen dauern. Genug Zeit für Lu, um sich weiteres Wissen anzueignen. Er dachte zurück an seine letzte Schiffsreise, bei der er fleißig hatte mit anpacken müssen. Jetzt sah er den Seeleuten mit einer fast gewissen Wehmut zu, aber auch mit gelassener Befriedigung. Sie mussten sich abrackern, währenddessen er die Fahrt genießen konnte. Zuerst sprach er mit dem vermeintlichen Elben Naryx, der sich jedoch sofort als Gestaltwandler zu erkennen gab, was Lu überraschte. Gestaltwandler gaben sich nie zu erkennen – so hatte es Errollos ihm zugeflüstert. Sie waren gefürchtet, weil sie den Platz von jemandem einnehmen könnten, ohne dass man es merken konnte. Das hatte zu einem grundlegenden Misstrauen gegenüber dieser Spezies geführt, welches in allen Welten des Multiversums vorhanden war. Und auch

Lu fühlte sich nicht sehr wohl, einem solchen Wesen zu begegnen. Naryx waren diese Vorurteile und Ängste bewusst. Er war deswegen eher zurückhaltend gegenüber Lu, aber sie kamen doch hin und wieder ins Gespräch und tauschten sich über dies und das aus, sodass Lu eine Menge über Psi und das Gestaltwandeln erfahren konnte. Die Psi-Magie von Naryx musste sehr stark sein, sonst wäre er nicht schon länger als Abenteurer und Glücksritter unterwegs. Generell konnten die Gestaltwandler, die alle Psi-begabt waren, besonders gut Gedankenlesen. Nur wenige konnten sich dagegen abschirmen. Warum Naryx auf Drachenjagd war, konnte Lu nicht herausfinden. Wahrscheinlich brauchte er einfach nur Geld, um seinen Lebensunterhalt zu bestreiten. Er wusste nicht, was Psi-Magier machten, wenn sie nicht gerade zum Beispiel als Abenteurer ihr Geld verdienten. Bisher war er nur Berrow begegnet, der eine Art psychotherapeutischer Heiler gewesen war – und von dem er hoffte, dass er sein Gedächtnis wiederherstellen konnte. Nachdem er Naryx sein Dilemma erzählt hatte, winkte der ab.

„Nein, diese Psi-Fähigkeiten beherrsche ich nicht. Nur die höchsten Psi-Magier können das Gedächtnis wieder rekonstruieren. Ich kann deine Gedanken lesen, wenn ich mich darauf konzentriere, aber das würde nichts nützen und wäre der Mühe nicht wert. Wirklich helfen kann dir nur dieser Spezialist."

Das kleine Aufflackern der Hoffnung bei Lu war mit dieser Aussage sofort wieder erstorben. Mit Lados kam er überhaupt nicht klar. Der war ein arroganter Elementarmagier, der Lu von Anfang an auf Abstand hielt. Mehr oder minder gab er ihm zu verstehen, dass Kämpfer die „hohen Weihen der Magie" nicht verstehen könnten und sich darum auch nicht kümmern sollten. Sie sollten ihre Kampfübungen machen, an ihrer Fitness arbeiten und ansonsten die „Menschen des Geistes und der Magie" in Ruhe lassen. Lus Stolz war durch dieses Verhalten etwas angekratzt, als

Lados ihm bemüht diplomatisch, aber doch unmissverständlich klarmachte, dass er mit ihm nichts zu tun haben wollte – außer in Zusammenhang mit der Drachenjagd. Nach Lados Auffassung war Lus Rolle eindeutig: Lu sollte den Drachen ablenken, bis die Magier so viel Magie auf den Drachen geschleudert hatten, dass er besiegt war. Ansonsten hielt er Kämpfer für wert- und nutzlos. Lu schluckte seinen Ärger herunter und ging Lados aus dem Weg. Andererseits lastete die ganze Last des Kampfes zuerst einmal auf ihm, was ihm ein mulmiges Gefühl gab.

Mit der Heilerin Derya, einer dunkelhäutigen Schönheit aus dem südlichen Inselkönigreich, sprach er am Anfang wenig, denn diese zog sich von allen zurück, da sie eine „weibliche Ruhephase" hatte. Er wusste zunächst nicht, was das bedeutete, erfuhr aber von den anderen, dass es in Deryas Stammesgebiet üblich war, dass Frauen während der Menstruation die Gesellschaft von Männern mieden.

Mit Errollos, dem Anführer, war Lu sofort auf einer Wellenlänge. Der Spruchmagier war ein erfahrener Abenteurer und verstand sich ausgezeichnet auf den Umgang mit dem Morgenstern. Nicht nur, dass er damit kräftige Schläge austeilen konnte, er beherrschte den gezackten Eisenball so perfekt, dass er ihn mit einer Eleganz führte, die man dem Umgang mit der eigentlich schwerfälligen Waffe nicht zugetraut hätte. Sie trainierten zusammen und und Lu sah wieder einmal, dass es bei aller elbischen Behändigkeit auch auf ausgefeilte Kampftechnik ankam. Errollos süffisantes Motto war denn auch: „Wer den Morgenstern abkriegt, sieht den Abendstern nie wieder!" Deshalb hatte er sich für diese Waffe entschieden. Auch wenn sie wie eine Keule wirkte, war es doch eine ganz aus Metall bestehende Waffe. An einem Stab von einem halben Meter Länge war oben eine kugelförmige Verdickung. Diese Kugel war mit Metalldornen gespickt, die sich leicht durch Kettenhemden bohren konnten und zusammen mit Drehbewegungen des

Führenden großflächige Wunden reißen konnten. Lu lernte, dass Errollos Kampftechnik mit dem Morgenstern seine eigene Flinkheit ausgleichen konnte und sie so ebenbürtige Gegner waren. Er hätte nicht gedacht, dass ein Magier so gut kämpfen konnte. Nichtsdestotrotz war Errollos relative Langsamkeit gegenüber einem schnellen Gegner immer von Nachteil. Je länger der Übungskampf dauerte und Errollos dabei ermüdete, desto leichter konnte Lu Treffer landen. Das war eine wichtige Erkenntnis für Lu, weil sie sich auf viele Kämpfe mit Menschen übertragen ließ, die Errollos ähnlich waren. Da kam Lu eine Idee. Sie hing nicht mit dem Kämpfen zusammen, sondern mit ihrem guten Verhältnis zueinander. Er fragte Errollos, ob er ihm erklären könnte, wie hier die Magie funktionierte – wie überhaupt Magie funktioniert. Auf die Frage des Magiers, warum er das wissen wolle, antwortete Lu: „Es ist nicht nur Neugier – vielleicht ist es auch wichtig für mich, dass ich, wenn wir im Kampf sind, weiß, wie Magie funktioniert, um euch Magier nach Kräften zu unterstützen.‟

Errollos ließ sich darauf ein. Sie hatten genug Zeit während der Überfahrt in den Dschungel. Zuerst gab Errollos dem Elben einen groben Überblick.

„Nun, es gibt verschiedene Arten von Magie, wie wir sie auf Rubidium anwenden. Wenn du auf einer Magierschule gewesen wärest, hätte man dir vielleicht ein Schaubild aufgemalt mit den verschiedenen Magiearten. Ich selbst bin ein Spruchmagier, das heißt meine Magie beruht auf dem gesprochenen Wort – dem Wort, was ich ausspreche. Jedes unserer Worte drückt einen inneren Wunsch aus. Es verbinden sich meine innere Absicht und eine durch die Magieausbildung entwickelte innere Kraft mit einer äußeren – man könnte sagen „kosmischen‟ – Kraft, um etwas Zielgerichtetes zu erreichen, eben einen Zauberspruch. Ähnlich ist die Magie von Naryx. Die psionische Kraft kommt direkt von innen und beruht auf den Gedanken. Sie kommt direkt aus dem Geist. Es werden keine äußeren

Quellen herangezogen. Natürlich wurde zuvor diese Kraft im Inneren angesammelt. Beide Magiearten – Spruchmagie und Psi-Magie – kommen individuell von innen. Es gibt noch eine dritte Magieart, die aber nicht als eigenes Magiesystem gelehrt wird, sondern von verschiedenen Schulen „nebenbei" verwendet wird und es gibt Zaubersprüche und psionische Fähigkeiten, die darauf basieren: Das ist die Illusionsmagie. Sie bedient sich der Kraft falscher Vorstellungen, Möglichkeiten und Wunschgedanken. Damit ist sie ein Nebenpfad der psionischen Energie, der auch Spruchmagiern offensteht. In der Nähe der Spruchmagie ist die alte und vergessene Runenmagie angesiedelt. Sie war eine der ersten Arten der Magie und sie basierte auf der Schrift – dem geschriebenen Wort. Das geschriebene Wort ist ein fixierter Ausdruck des Willens und sehr mächtig. Sie war im Vergleich zur Spruchmagie eher unpraktisch und starb im Laufe der Jahrtausende aus. Sie hinterließ uns die mächtigen Runenwaffen, die heute niemand mehr herzustellen weiß. Einige sollen einen eigenen Geist haben und sind unzerstörbar.

Ein weiteres System sind die Beschwörungen. Es ist eine eigene Schule – die Zirkelmagie. Beschwörungskreise und Schutzkreise sind die bekanntesten Formen. Die Kreise der Macht sind die stärksten Kräfte der Zirkelmagie. Diese Kreise beschwören verschiedenste Kräfte, wie Elementarkräfte aus unterschiedlichen Magiegebieten und arbeitet auch mit Toten und Untoten. Diese Magie beruht also auf der Herbeirufung von Kräften oder von irgendwelchen Wesen. Viele der Beschwörer haben übernatürliche Diener an sich gebunden, die sie beschützen, für sie kämpfen und ihnen absolut versklavt sind. Die Beschwörer sind überall gefürchtet, nicht gern gesehen und gelten als skrupellos.

Eine weitere Art der Magie ist der Schamanismus, der auf Geisterbeschwörung beruht bzw. auf den Kräften der Geister. Ich kenne mich damit nicht so gut aus. Ich weiß nur, dass die Magie der Schamanen von den Geistern kommt.

Geister sind Bewohner der Zwischenreiche, die alles umgeben. Manchen dieser Ebenen hat man Namen gegeben, wie zum Beispiel der Astralebene, den Nexus und der Zwielichtzone. Das hat aber nichts mit den Toten zu tun. Diese haben eigene Ebenen.

Dem Schamanismus ähnlich ist die Nekromantie, die aber in keiner eigenen Magierschule gelehrt wird, ist die Nekromantie. Sie ist seit Jahrtausenden verboten und mir ist kein Magier bekannt, der sie anwendet – außer vielleicht, dass es einzelne Zaubersprüche gibt, mit denen man die Toten beispielsweise als Zombies auferstehen lassen kann und damit eine Armee von Toten errichtet. Den Beschwörern wird nachgesagt, dieses alte Wissen bewahrt zu haben und mit Kreisen der Macht riesige Armeen beschworen zu haben, um damit ganze Städte erobern. Wie gesagt ist Nekromantie verboten, obwohl sich Spuren von ihr in verschiedenen Magiegebieten finden. Und sogar die Priester wenden sie an. Denn was ist das Wiedererwecken von Toten anderes als Nekromantie?

Es gibt noch die Hexerei, die auch nicht sehr gern gesehen ist – sogar im Ostreich verfolgt wird. Bei der Hexerei kommt die Magie von Dämonen und Teufeln. Sie ist der klerikalen Magie sehr ähnlich, die die Priester anwenden. Die klerikale Magie bezieht ihre Kraft von den Göttern. Der einem Gott oder einer Göttin geweihte Priester kann sich Zaubersprüche aus dem Repertoire seiner Gottheit auswählen. Die Götter sind unterschiedlich stark und haben verschiedene Arten von Macht. Der Priester kann nur die Macht benutzen, die sein Gott auch beherrscht.

Die druidische Magie benutzt die Kraft von Tieren, Pflanzen und Orten – also der mehr oder minder belebten Natur. Ein Druide benutzt nicht direkt Zaubersprüche, sondern eher werden Fähigkeiten der Natur auf den Druiden übertragen. Man nennt eine dieser Fähigkeiten zum Beispiel *Borgen*, wobei sich ein Druide in den Geist eines Tieres einklinken kann und alles wahrnimmt, was das Tier wahrnimmt – genau kenne ich mich damit aber nicht aus, denn die Druiden halten ihre Fähigkeiten geheim. Sie sollen sich auch in Tiere verwandeln können oder sich wie Chamäleons tarnen können usw. Es gibt kaum Lehrbücher über das Druidentum, da es auf mündlicher Überlieferung beruht. Die Druiden sehen sich als die Beschützer und in ihrer Gegenwart sollte man nicht unbedingt einen Baum fällen oder ein Tier töten...

Anders sieht es bei den Elementarmagiern aus, wie zum Beispiel Lados einer ist. Sie nutzen die Kräfte der vier Elemente Wasser, Feuer, Luft und Erde. Ihr System ist dem Zauberspruchsystem von uns Spruchmagiern sehr ähnlich. Deren Zaubersprüche aber beziehen ihre Kräfte aus den Elementarebenen, zum Beispiel der Ebene des Feuers. Sie können auch Elementarwesen beschwören, um sich von ihnen beschützen zu lassen. Weiteres kann dir Lados sagen, wenn er mal gute Laune hat.

Das letzte große Magiesystem ist die Alchemie. Sie beschäftigt sich vordergründig mit der Veränderung von Stoffen und der Herstellung von magischen Gegenständen. Um Alchemist werden zu können, muss man erst eine Karriere als Psi-Magier, Beschwörer und Spruchmagier hinter sich haben. Diese drei „Berufe" sind Voraussetzung, um als Alchemist ausgebildet zu werden. Sie ist vielleicht die schwierigste Magieart und es bedarf sehr viel Zeit, sie zu erlernen, bedingt durch ihre Vielfältigkeit. Das heißt aber nicht, dass sie unbedingt die stärkste Magie ist. Es ist einfach schwer, Alchemist zu werden. Für mich wäre das nichts: Ständig im Labor sitzen, Schwefel einatmen, Drachenknochen zermahlen und Dämonenblut abfüllen und ähnlich unappetitliche Sachen machen... Sei's drum – die Alchemisten haben innerhalb der Magiergilde einen eigenen Gildenzweig, in den nur Alchemisten und Anwärter zur Alchemistenausbildung aufgenommen werden. Auf jeden Fall ist alles sehr langwierig und man sollte mit mindestens zehn Jahren Ausbildung rechnen. Gut, für dich als Elben mag das nicht viel sein, aber mir sind Abenteuer an frischer Luft lieber..."

Lu rauchte der Kopf nach so vielen Informationen über die Magie dieser Welt. Ehrlich gesagt hatte er die Hälfte schon wieder vergessen. Aber als er Errollos von Nekromantie, der Magie, die auf der Kraft der Toten beruhte, sprechen hörte, hatte sich eine vage Erinnerung in ihm geregt, fast wie eine Saite eines Instruments, die angeklungen war. Ebenso erging es ihm bei Erwähnung der Psi-Magie. Gegenüber den anderen Magiearten war er neutral interessiert gewesen.

„Ich danke dir, Errollos, für diese ausführlichen Informationen! Könntest du mir etwas von der Spruchmagie beibringen?"

Errollos musste lachen. „Nun, es gibt nicht umsonst Magiergilden... Man braucht eine einjährige Grundausbildung, nachdem man in die Magiergilde eingetreten ist. Zuerst suchst du dir dann einen Mentor, einen Spruchmagier, der dir dann die Grundlagen der Magie beibringt. Das, was ich dir eben alles zusammengefasst habe, ist nicht einmal ein Bruchteil des Wissens, das du als Magier haben musst. Andererseits haben wir auf dieser Reise auf dem Schiff noch etwas Zeit. Vielleicht kann ich dir ein paar vorbereitende Sachen beibringen, ohne ein schlechtes Gewissen dabei zu haben. Denn eigentlich darf ich das nicht verraten – außerdem hatte ich noch nie einen Lehrling... Es gibt ein paar Dinge, die ich dir jetzt beibringen kann, die deine Neugier befriedigen und dich voranbringen können..."

* * *

Aldonas war überrascht. Die Elbin wollte, dass er ihnen helfen sollte, den Nachlass Kotorans zu durchsuchen, um eine Kiste mit dem Siegel des Tempels des Lichtes und der Dunkelheit zu finden. Zuerst kamen Gefühle der Gier und des Besitzanspruchs über ihn. Warum sollte er die Kiste, die zu seinem „Erbe" gehörte herausgeben? Allerdings konnte er sich an keine Kiste erinnern, auf der ein Siegel von irgendetwas oder irgendjemandem geprangt hätte.

Letztendlich siegte seine Neugier: Er hatte gestern die Räume durchsucht, um seinen neuen Besitz in Augenschein zu nehmen. Vielleicht konnten diese Leute hier noch etwas finden, wenn es irgendwo noch Geheimfächer gab.

„Was ist eigentlich in der Kiste?", fragte er schließlich.

„Um ehrlich zu sein, weiß auch ich das nicht genau. Sie wurde Kotoran zur Verwahrung gegeben, weil er von allen Religionen und Kulten als neutral angesehen wurde und mächtig genug, sie zu schützen. Weiteres erzähle ich dir und meinen Gefährten, wenn wir die Kiste haben."

Unwillen machte sich in Aldonas breit. Er wollte wissen, was hier gespielt wurde. Aber Lacarna blieb unnachgiebig. Schließlich erlaubte er, dass die Gruppe im Haus übernachten konnte, sodass am folgenden Tag mit der Suche nach der Kiste begonnen werden konnte. Er wies ihnen den Gästeflügel zu, der schon länger nicht mehr benutzt worden war. Kurzerhand taufte er seine neue Gespielin Kotana und wies sie an, die Räume für die Gäste herzurichten. Selbstgerecht legte er sich als neuer Hausherr zum Schlafen hin. Er wälzte sich von der einen auf die andere Seite. Schließlich gab er es auf und ließ seinen Gedanken freien Lauf. Als er in die dunkelvioletten Augen von Lacarna geschaut hatte, war etwas tief in seinem Inneren berührt worden. Es war das erste Mal, dass er näher mit einer Elbin zu tun hatte. Elben konnten nicht beschwört werden, zumindest solange man nicht den wahren Namen kannte. Jeder benutzte Rufnamen, aber eigentlich niemand würde seinen Seelennamen preisgeben. *Was hatte Lacarna in ihm berührt?* Er rief sich ihr Aussehen ins Gedächtnis. Dieser schlanke, drahtige Körper, der von einer hellbraunen Lederrüstung geschützt wurde. Ihre langen, schwarzen Haare, die zu einem Pferdeschwanz zusammengebunden waren und trotzdem noch bis unter die Schulterblätter

fielen. Dann diese langen, kniehohen Stiefel, die ihre langen Beine betonten. Sie hatte Amethyst-Ohrringe, die von der Farbe her fast mit ihren Augen übereinstimmten und in Silber gefasst waren. Generell schien Silber ihr bevorzugtes Metall zu sein, denn sowohl die zwei Ringe an ihrer linken Hand, als auch die Schmuckkette am Hals waren daraus. Dann sah er wieder diese Augen vor sich – ohne Weiß, einfach durchgehend Violett. Er war fasziniert und erregt. Natürlich hatte er auch ihr Breitschwert, ihren Gürtel mit fünf Wurfmessern und den Parierdolch an ihr gesehen. Diese Frau war kein wehrloses Hausmütterchen, sondern eine gefährliche Raubkatze. Dass sie ihn mit ihren sicherlich 1,85 m leicht überragte, machte seinem Ego etwas zu schaffen. *Aber sind denn im Liegen nicht alle Frauen gleich groß?* Wie gern würde er ihr die Lederrüstung und den braunen Umhang ausziehen, um mehr von ihrem Körper zu sehen…
Aber das musste bis morgen warten!
Er konnte ja nicht wissen, welches Abenteuer ihm am nächsten Tag erwartete…

* * *

„Warum bist du Spruchmagier geworden?", fragte Lu Errollos an einem anderen Tag auf ihrer Überfahrt in den Dschungel. Die Reise war bisher ereignislos verlaufen. Die Meeresungeheuer mieden das Schiff und es gab an Bord nicht viel zu tun, da alles seinen geregelten Gang ging. Naryx meditierte viel, Lados hielt sich von Lu fern und Derya hatte sich zurückgezogen. Es war ein lauer Sommerabend und der Wind wehte unstet die Segel, sodass an ein schnelles Reisen nicht zu denken war, aber man war ja auch nicht in großer Eile. Um sie herum nichts als die herrliche Weite des Meeres. Errollos hatte an der Reling gestanden, seine Arme auf dem alten Holz abgestützt. Die Umgebung aus Holz, Wasser und Leinensegel war so wunderbar natürlich, dass Lu sich wohlfühlte. Steinhäuser, Metall und künstlich angelegte Straßen und Gärten befremdeten den Elben immer noch. Hier auf dem Wasser war alles nur ursprünglich, rein, urig. Noch lieber wäre er auf einem Floß gefahren, auf dem immer wieder die Füße von Wasser umspült wurden.

„Warum ich Spruchmagier geworden bin...?", Errollos sann über die Frage nach. „Ehrlich gesagt..." Errollos überlegte kurz: „Ehrlich gesagt, mein Vater war eigentlich Kaufmann und einer seiner Kunden, der ab und an die Waren für ihn bei gewissen Lieferungen überprüfte, war Spruchmagier und sie waren lose miteinander befreundet. Dieser Meister nahm mich als seinen Lehrling auf. Eigentlich wusste ich nicht so genau, was ich tun wollte, aber wusste, dass ich nicht den Betrieb meines Vaters weiterführen wollte. Das hat dann mein jüngerer Bruder übernommen. Leider hat er unser Geschäft in den Ruin geführt. Deshalb kann ich nicht von irgendwelchen Tantiemen leben, sondern muss selbst auf Abenteuer gehen, um mein Geld zu verdienen. Außerdem macht es mir Spaß, die Abenteuer, der Nervenkitzel, all diese Dinge. Du kannst dir nicht vorstellen, wie langweilig es ist, Sohn eines Kaufmanns zu sein. Scheinbar ewig auf Schiffe und Karawanen zu warten, dann die kurze Hektik des Ladung Löschens nur um dann wieder endlose Stunden mit Buchhaltung und Klagen immer derselben unzufriedenen Kunden zuzubringen. Nein, für mich ist das kein Spaß. Meinem Bruder hat es immer sehr gefallen, aber ich bin froh, nichts mehr damit zu tun zu haben. Wenn ich ab und zu zuhause vorbei komme, dann geb ich ihm ein paar Goldstücke, dass er sich und seiner Frau was gönnen kann und wieder mal ein anderes Geschäft aufmachen kann. Jedes Mal, wenn ich komme, ist er wieder pleite..."

„Das tut mir leid. Kannst du mir erzählen, wie es angefangen hat, als du die Zauberei begonnen hast?"

„Ja, das darf ich dir erzählen. Am Anfang meiner Ausbildung habe ich ganz viele Sachen gemacht, um meine Wahrnehmung zu schulen. Beispielsweise mit der linken Hand schreiben oder Kopfstand machen und dabei ein Bild malen. Das waren alles nützliche Übungen, die meine Wahrnehmung verändert haben. Einen bekannten Weg meiner Stadt hundert Mal entlang gehen und jedes Mal musste ich ein neues Detail dazu entdecken. Einerseits hat es Spaß gemacht, andererseits weißt du, wenn du 70 Mal die gleiche Straße von zehn Häusern entlang läufst, fällt es dir sehr schwer, neue Sachen zu entdecken – wenn du verstehst, was ich meine.

Ja, das waren so anfängliche Dinge, einfach die Wahrnehmung zu erweitern, dann waren viele Atemübungen dabei, Meditationen und diese Dinge. Später braucht man sie alle nicht mehr, aber sie sind der Weg, um das Bewusstsein zu öffnen und für Magie bereit zu sein. Man muss es irgendwie schaffen, an die innere und äußere Kraft anzudocken. Das wird mit diesen Übungen erreicht. Manch einem gelingt das in drei Wochen, der Nächste braucht ein halbes Jahr, wieder andere drei Jahre und mancher schafft es nie oder gibt auf, bevor es ihm gelingt. Das ist abhängig von Talent und vielen anderen Faktoren. Was mich an der Spruchmagie besonders interessiert hatte, ist, dass man im Prinzip jeden Zauberspruch lernen kann, das heißt, man kann ihn zwar nicht so gut ausführen wie die besten Magier, aber man *kann* ihn ausführen. Die besten Magier können die Sprüche einfach länger und mit größerer Reichweite und stärker ausführen, aber ich kann genauso einen verheerenden, großen Zauberspruch anwenden – leider habe ich noch keinen gelernt – wie der größte Zauberer aller Zeiten. Ich muss nur wissen, wie die Worte zu gebrauchen sind, die in dem Zauberspruch vorkommen. Das ist auch der Grund, warum ich auf Abenteuer gehe. Vom Gewinn kaufe ich mir dann entweder von anderen Magiern oder von der Magiergilde oder einem Alchemisten

Zaubersprüche, die ich dann verwenden kann. Allzu viele habe ich bisher noch nicht gesammelt, auch wenn ich schon auf manch einer Drachenjagd dabei war. Mit dem Ergebnis dieser Drachenjagd erhoffe ich mir, einen teureren Zauberspruch kaufen zu können. Ich möchte nämlich teleportieren, genau das, was du auf dem Schwert als Einmalzauber hast. Teleportieren ist manchmal sehr, sehr wichtig und das Gute ist, dass es keine Reichweitenbegrenzung an sich gibt. Ich könnte sofort hier von dem Schiff aus direkt zu meinem Bruder Mulos nach Hause teleportieren und ihn besuchen – nur als Beispiel. Es ist ein sehr mächtiger Spruch und natürlich ist die Reichweite auch abhängig von meinem Wissen und Können. Ob es zu meinem Bruder jetzt genau reichen würde – er wohnt übrigens im westlichen Königreich – es könnte vielleicht hinkommen. Dafür müsste ich mir aber auch noch mal ausrechnen, wie weit der Spruch dann wirklich reicht...

Jeder Lehrling eines Magiers bekommt zum Schluss seiner Ausbildung drei Zaubersprüche beigebracht. Das ist sozusagen der Lohn dafür, dass man dem Magier gedient hat, ihm als Lehrling alle weniger interessanten Aufgaben abgenommen hat und ihn bedient hat. Man wählt sich drei Sprüche – die von Magier zu Magiern unterschiedlich sind – und ist damit dann Magiergeselle. Es ist nur allgemein von der Gilde vorgeschrieben: Mit drei kleinen Zaubersprüchen wird man in die Welt entlassen.

Mir war klar: Da ich ein Mensch bin und im Gegensatz zu dir nachts nicht sehen kann, habe ich als erstes einen *Lichtzauber* gewählt, dass ich mir immer ausreichend Licht machen kann. Als Zweites habe ich eine *Schlafwolke* gewählt, die den Vorteil hat, dass ich mehrere Gegner auf einmal einschläfern kann, sofern sie nicht der Magie widerstehen. Das ist auch ganz nützlich und ich fand das gut. Für den dritten Zauberspruch habe ich mir gedacht: Ich nehme so etwas, was mir selbst weiterhilft, und zwar die Verwandlung von *Wasser zu Wein*. Deshalb hab ich immer guten Wein bei mir. Man kann sogar die Qualität variieren. Wenn ich besseren Wein mache, bekomme ich weniger Liter heraus, mache ich mehr Wein pro Zauberspruch, dann habe ich zwar mehr Liter, doch die Qualität des Weines ist schlechter. Ich fand das einen sehr sinnvollen Zauberspruch und manchmal kann ich damit auch tauschen, wenn ich gerade kein Geld habe; einfach Wasser zu Wein transformieren. Das waren die drei Zaubersprüche, die ich von meinem Meister mitgenommen habe. Aber dann habe ich noch einiges anderes gelernt. Das wirst du ja dann sehen, wenn wir auf Drachenjagd sind. Offensivere Sachen, Sachen, die mir helfen, *das Unsichtbare zu sehen*, *Geräuschlosigkeit* und mehr. Ich habe schon einiges angesammelt. Einige Sachen sind natürlich klar zweckgebunden für Abenteuer, andere Sachen sollen mir vielleicht im Alter zugute kommen. So, jetzt hab ich dir so viel erzählt. Wir haben noch einiges vor uns, dann werde ich dir noch Weiteres erzählen. Vielleicht machen wir auch mal ein paar Übungen."

Lu bedankte sich und nahm sich vor, als nächstes Derya näher kennenzulernen.

* * *

Aldonas konnte es fast nicht glauben. Diese Zwergin Bergola hatte tatsächlich eine Geheimtür im Beschwörungsraum gefunden. Seit acht Jahren hatte er hier fast jeden Tag verbracht und hatte sie nicht bemerkt. Plötzlich kam ihm das vertraute Haus fremd und unheimlich vor.

Was mochte sie hinter der Tür erwarten?

Nachdem sie durch die Geheimtür gegangen waren, ging Bergola vorsichtig voran. Sie untersuchte die Wände nach Fallen, gleichzeitig suchte Aldonas, ob er irgendwelche Zeichen sah, die vielleicht eine magische Falle darstellen könnten. Sie fanden vorerst nichts. Vorsichtig gingen sie weiter. Die Wand war ebenfalls aus diesem grob behauenen Stein, den die Golems hinterlassen bei ihrer Arbeit. Die verschiedenen Einkerbungen, die der Golem bei seiner Arbeit hinterlassen hatte, gaben vielfältigen Anlass für Bergolas Untersuchungen.

„Wenn das Zwergenarbeit gewesen wäre, dann wäre es hier jetzt schön glatt!", mokierte sie sich über die Golemarbeit.

Sie ging vorsichtig weiter. Keine Falle zu entdecken. Der Gang endete an einer Tür. Auch hier folgten Untersuchungen. Tatsächlich konnte Aldonas ein Zeichen finden, was er aber nicht sofort erkennen konnte. Ratlos standen er und auch die anderen davor.

„Ok", sagte er schließlich. „Ich habe hier gewohnt, vielleicht möchte der Meister, dass ich diese Tür öffne und vielleicht ist es für euch gefährlich."

Beherzt griff er zu, zog die Klinke herunter und es passierte – nichts. Erleichtert ging er durch die Tür. Die anderen folgten ihm ebenfalls vorsichtig. Dahinter war ein größerer Raum, von den Maßen 5 auf 4 Meter. Kein Licht war in dem Raum, was auch zu erwarten war. Deshalb musste Lacarna einen Lichtzauber aktivieren, damit sie etwas sahen. Der Raum war wie ein weiteres Arbeitszimmer, allerdings ein Arbeitszimmer ganz anderer Art, nicht so wie oben im Labor oder wie das Wohnzimmer vom Meister, sondern eher wie eine Schreibstube. Verschiedene Karten und Folianten hingen an der Wand, auch Erinnerungsstücke, die vielleicht von des Meisters Reisen sein konnten. Da waren ausgestopfte Tiere, Felle, aber auch ganz andere Dinge wie Schwerter, die an der Wand hingen und zerfetzte Fahnen und vergilbte Stoffstücke. Die Karten waren auf Pergament oder sogar auf Tierhaut. Sofort konnte man das nicht unterscheiden. Es waren verschiedene Orte auf der Welt angezeigt. Aldonas kannte sich leidlich in der Welt aus, um zu sehen, dass hier wirklich verschiedene Reiche und Gebiete dieser Welt eingezeichnet waren. Eine große Karte hatte die Überschrift „Das tote Land". Alle Beschriftungen waren auf Elbisch. Sehr schön in dieser ziselierten Schrift, die verschnörkelt immer einen wunderbaren Anblick ergaben. *Das tote Land* – er hatte sich nicht damit auseinandergesetzt. Hier waren Bergketten eingezeichnet und es waren auch verschiedene Berge markiert, die anscheinend irgendeine Bedeutung hatten. Er warf nur einen kurzen Blick darauf und auch die Gefährten, die sich umschauten, standen ratlos davor.

Was konnte hier Wichtiges sein?

Aldonas ging zum Sekretär. Auch hier lag eine Karte, an der der Meister offensichtlich gearbeitet hatte. Wie lange sie schon lag, konnt man nicht sagen. Auf jeden Fall schon länger, denn es war eine beträchtliche Staubschicht darauf. Auch das Tintenfass, der Federkiel, alles war schon eingetrocknet, der Federkiel war unsauber im Tintenfass stecken geblieben und nicht, wie man denken sollte, danebengelegt worden. Mehrere lebensgroße Statuen von Engeln, Elementalen und Rittern säumten die Wände und es gab hier auch keinen weiteren Ausgang. Bergola machte sich daran, die Wände zu untersuchen, klopfte vorsichtig. Auch Aldonas ging die Wände entlang, ob irgendwelche Zeichen da zu finden waren. Magische Zeichen, die irgendetwas zeigen konnten oder Symbole, die auf etwas hinweisen sollten. Er wurde auch fündig in den hinteren Ecken. In der linken hinteren Ecke waren mehrere Runen abgebildet, die allerdings zuallererst keinen Sinn machten. Eine der Runen kannte er auch nicht. Das war nicht das Standard-Runenalphabet, das er hier sah, sondern es gab hier auch die großen alten Runen, von denen er bisher nur wenige gelernt hatte. Auch Minelle schaute sich die Runen an, konnte aber auch damit nichts anfangen. Die anderen Gefährten kamen hinzu. Lacarna schaute auf die Symbole und auch ihr waren sie unbekannt.

„Na gut", sagte sie, „wer hat einen Runen-Lesezauber?"
Alle schauten sich an und einzig die Priesterin konnte sagen: „Ich kann meinen Gott darum bitten, mir diesen Ru-

nenlesezauber zur Verfügung zu stellen. Meines Wissens müsste er ihn haben."

Die Gefährten stimmten ein und sie vollbrachte den Zauber, der immer wie ein Gebet wirkte.

„Ich glaube, wenn ihr die Antwort hört, sind wir auch nicht klüger als zuvor. Hier geht es um den *Großen Schlaf*. Das ist das Runenzeichen des *Großen Schlafes*."

Die Gefährten schauten sich wiederum ratlos an. Nur Lacarna schien eine Idee zu haben, aber nur kurz war das auf ihrem Gesicht zu bemerken gewesen. Aldonas hatte es aus dem Augenwinkel bemerkt. Dann machte sie auch wieder den ratlosen Eindruck, sich anpassend an ihre Gefährten.

Mmh, sie weiß davon etwas, sie wusste damit etwas anzufangen.

Bergola hatte sich an dem Ganzen nicht beteiligt und hatte weiter die Wände abgeklopft. Als sie den Sekretär auf die Seite schob, wurde sie fündig. Dahinter war etwas. Aldonas konnte nichts bemerken, ihr Klopfen hörte sich so an wie vorher, aber die geschulten Zwergenaugen oder waren es die Diebesohren, er wusste es nicht. Bergola hatte etwas gefunden, was hier anders war. Vorsichtig fuhr sie die Wand entlang, um nach einem verborgenen Mechanismus zu suchen. Ihre Erfahrung ließ sie fündig werden. Eine der Fugen des Steines war anders. Die Gefährten gingen zurück, ebenfalls Aldonas. Und Bergola versuchte eine Aktivierung. Tatsächlich, der Stein schwang auf die Seite und dahinter kam ein Hebel zum Vorschein. Bergola schaute sich den Hebel an, griff in ihren Rucksack und zog einen Handschuh an. Er war aus einem glänzenden Metall, und als die Gefährten Bergola fragend anschauten, grinste sie „Naja, wer weiß, was für Gift, Gas oder sonstige Vorrichtungen hier noch sind."

Die Gefährten blieben in sicherer Deckung, Aldonas spickte etwas, um zu sehen, was Bergola wohl tat und auf einmal, als sie den Hebel zog, öffnete sich eine geheime Tür, genau an dem Ort, wo die Rune des großen Schlafes war. Eine Tür. Ziemlich breit und groß, dass auch Jestonaaken locker hindurchpasste. 3 m auf 2 m. Ein weiterer Gang war zu sehen. Sie betraten einen würfelförmigen Raum von vielleicht 20 Metern Kantenlänge – riesig in seinen Ausmaßen. Gegenüber der Tür war eine Art Thron flankiert von zwei steinernen Dämonenstatuen unterschiedlicher Größe. Steinern erst auf den zweiten Blick zu erkennen, denn die Dämonen waren detaillegetreu bis ins Kleinste. Es waren geflügelte Dämonen mit halb aufgespannten Lederhäuten, die den Thron rechts und links zu bewachen schienen wie zwei Leibwächter. Auch in jeder Ecke des Raumes waren weitere Dämonen, alle mindestens drei Meter groß. Sie hatten große Speere in den Händen, die schräg nach vorn deuteten. Über dem marmorweißen Thron, der durch drei Stufen erhöht war, prangte ein riesiges Rad mit zwölf Speichen hoch bis zur Decke. Dieses Rad war in die Wand eingelassen. Es war entweder aus massivem Gold oder vergoldet. Die Radnabe in der Mitte hatte einen leicht kupferfarbenen Stich, sodass sie sich deutlich von dem helleren Goldton der Speichen abhob. Die kreisrunde Felge war verziert mit magischen Symbolen, Runen und elbischen Schriftzeichen. Der restliche Raum schien mehr oder minder leer zu sein – bis auf die acht Dämonen, die wie zum Sprung bereit schienen. Bergola hatte auch noch keinen Schritt hineingemacht. Aldonas fluchte innerlich, dass er keinen seiner vorbereiteten Magiekreise dabei hatte, die er auf Decken und Tüchern fast vollendet mit sich führte. Er fühlte sich schutzlos. Natürlich könnte er jetzt innerhalb weniger Minuten einen Schutzkreis gegen Dämonen aufzeichnen, aber er hatte auch kein geweihtes Wasser dabei. Es wäre ihm lieber gewesen, wenn er den Raum betreten könnte und er es dort zeichnen könnte. So ließ er die Gefährten vor und hielt sich vornehm im Hintergrund. Die Gefährten sahen sich ratlos an, bis Jestonaaken sagte:

„Es könnte sein, dass das eine Falle ist, aber – hier muss etwas sein, mit dem wir weiterkommen."

Seine leicht knurrenden Laute erinnerten Aldonas immer wieder, dass es den Wolfern nicht ganz leicht fiel, die elbische Sprache zu artikulieren. Minelle war interessiert an den Statuen der Dämonen und warf einen zweiten Blick darauf.

„Mmmh – das sind tatsächlich *Wächterdämonen*. Allerdings versteinert. Das muss aber nichts bedeuten. Sie sind verdammt gefährlich und manche verfügen auch über Spruchmagie."

Was war hier zu tun? Aldonas ging kurz auf die Knie, um zumindest die Schwelle zu untersuchen, ob es hier irgendwelche Zeichen oder magischen Symbole gab. Und tatsächlich: Nachdem er den Boden mit den Fingern entlanggefahren war, konnte er leichte Einkerbungen spüren, die auf den ersten Blick gar nicht zu sehen waren. Hier musste jemand etwas Wichtiges eingekerbt haben. Er tastete von links nach rechts außen – die Tür war immerhin drei Meter breit, sodass es fast zehn Minuten dauerte. Er signalisierte den Gefährten:

„Ich brauche noch eine Weile."

Und tatsächlich: Hier war ein unsichtbarer Kreis platziert – zumindest konnte er den Anfangsbereich spüren. Welchen Kreis konnte er nicht sehen oder ertasten, da der äußere Ring nur knapp bis zur Tür reichte. Die Symbole waren natürlich innen aufgetragen. Hier musste man also den Kreis passieren bzw. betreten, wenn man in den Raum wollte. *Welche Auswirkungen hatte dieser Kreis? Vielleicht war in der Mitte des Kreises der wahre Name seines Meisters geschrieben und somit konnte nur er ihn betreten.*

„Kann jemand einen Zauber, womit man das Unsichtbare sehen kann?"

Minelle trat zu ihm: „Ja, ich kann das! Nur werde ich nicht verstehen, was es hier zu sehen gibt – selbst wenn ich es sehe…"

„Du könntest es mir beschreiben oder aufzeichnen."
„Na gut."
Sie aktivierte den Zauber. Leider war auch damit nichts Auffälliges zu sehen. Aldonas ging schließlich durch den Kreis, da ihm als Beschwörer Kreise am wenigsten schaden konnten. Weder ihm noch den später folgenden Gefährten passierte etwas. Nun waren sie in diesem riesigen Raum.
Sie mussten etwas riskieren. Lacarna wies jedem der Gefährten eine Statue zu. Jeder der Gefährten hatte eine Statue vor sich. Die Dämonenstatuen sahen wirklich sehr gefährlich aus, es *waren* Wächterstatuen. Wächterdämonen waren Dämonen, die eine steinerne wie auch dämonische Existenz hatten. Sie waren absichtlich in dieser Art von Alchemisten durch Zauber erschaffen worden und dienten dazu, Gebäude oder Gegenstände zu schützen. Sie waren nur stationär einzusetzen, da sie sich nicht sehr weit bewegen konnten, meistens in einem Radius von vielleicht 50 m. Trotzdem war das ausreichend, um ein Haus oder einen beliebigen Gegenstand zu schützen. Diese acht Statuen, die im Raum verteilt waren, machten allen Sorgen. Alle hatten ihre jeweiligen Waffen gezogen und warteten vor den Dämonen, um zumindest, wenn er lebendig würde, den ersten Schlag zu haben, um damit zumindest schon einmal einen gewissen Vorteil für sich zu verbuchen. Auch Minelles schwarzer Hund stand bereit, den linken Dämon sofort anzufallen und Minelle hatte einen Spruch auf den Lippen. Ariella hatte sich in ihre wahre Gestalt zurückverwandelt, um den rechten Wächterdämon zu bekämpfen. Aldonas war dafür vorgesehen, auf dem Thron Platz zu nehmen, was wahrscheinlich die Dämonen zum Leben erwecken würde. *Bestimmt gab es irgendeinen Mechanismus oder irgendein Wort, irgendetwas, das er tun musste, um die Dämonen zu stoppen.*
Aber was konnte das sein? Vielleicht war auch der wahre Name in diesen Spruch mit eingewoben, sodass wirklich

nur Kotoran, der Meister, die Dämonen stoppen konnte.
Der Meister musste sehr, sehr viel Geld haben, wenn er sich allein in diesem Raum hier acht Dämonenwächter leisten konnte, die hier etwas beschützten, von dem Aldonas nicht wusste, was es war.

Er atmete tief durch. Lacarna stand vor dem größten Dämon – allein. Sie hatte das Schwert gezückt und einen Zauberspruch auf den Lippen. Jestonaaken, der auch gerne mit dem Schwert kämpfte, hatte seinen Schild vor sich und das Schwert schon an der Kehle des Dämons. Aber ob das etwas nutzen würde, war die Frage. Denn die Dämonenhaut war stark und dick und er würde vielleicht einen Treffer landen, aber ob das ausreichen würde? Es war mutig, schon so nah am Dämon zu sein. Aber die Wolfer waren nicht als Feiglinge bekannt.

Bergola war ganz behände auf den Rücken des Dämons hochgeklettert und hatte eine Garrotte, eine Art Metalldraht, um die Kehle des versteinerten Dämons platziert und wartete nun auf sein Erwachen. Ob das etwas helfen würde? Man wusste es nicht. Aber sie schien sehr zuversichtlich zu sein und hatte keine Angst.

Auch der Zentaur war bereit, stand vor seinem Dämon und hatte seinen Speer erhoben zum sofortigen Zustechen. Altahif verließ sich darauf, seine druidischen Kräfte einzusetzen. Seine Flugschlange war auf Augenhöhe des Dämons und sollte ihm wahrscheinlich die Sicht nehmen. Ja, sie hatte sich schon um seine Augen geschlungen und war bissbereit, um dem Dämon einen Biss in das Ohr zu verpassen. Altahif hatte einen Spruch auf den Lippen.

Die Halborkfrau hatte ebenfalls einen Spruch auf den Lippen und ihren Kampfstab in der Hand bereit.

Aldonas hatte Ariella in Form eines schwarzen Hundes bei sich, der ihn beschützen sollte, falls einer der Gefährten überwältigt werden würde und ein Wächterdämon auf ihn losgehen sollte. Er hatte sein Luft-Elemental gerufen, das schon auf dem Weg war. Er wollte aber nicht warten, bis es da war, sondern es sollte eingreifen, wenn irgendetwas total schief lief.

Und so warteten sie. Die Kämpfer direkt vor den Dämonen, die Magiebegabten mit Abstand. Jeder hatte seine eigene Strategie.

Aldonas ging die Stufen hoch mit klopfendem Herzen. Es war ganz komisch – einer unbekannten Gefahr begegnet man mit einem Gefühl von Angst vor dem Unbekannten. Einer bekannten Gefahr begegnet man mit Furcht und Aufregung, die sich aber trotzdem diesem Gefühl des Unbekannten näherte. Er wusste genau, was passieren würde, die Wächterstatuen würden von Stein zu Dämonenfleisch werden und sich auf sie stürzen. Alles war bekannt: Das Spiel war bekannt, der Kampf war bekannt, nur der Ausgang nicht. Sein Herz klopfte. Die letzte Stufe – hoffentlich würde ihm etwas einfallen, die Dämonen unter seine Herrschaft zu bringen. Er drehte sich um und wollte sich setzen...

* * *

Mit Derya hatte Lu überhaupt erst auf dem Schiff das erste Mal gesprochen. Sie war eine Heilerin – eine Geistheilerin. Normalerweise nahmen Abenteurergruppen solche Heiler nicht mit, da sie – entgegen Priestern und Schamanen, die ebenfalls heilen konnten – keine magischen Fähigkeiten hatten. Heilen an sich war wertvoll, aber ein Priester zum Beispiel konnte zudem noch Zaubersprüche über seine Verbindung zu seiner Gottheit wirken. Andererseits war ein Heiler ein Spezialist für alle Arten von Verletzungen und Krankheiten und er konnte sogar Gliedmaßen zum Nachwachsen bringen. Es dauerte zwar ein paar Wochen, aber diese Fähigkeit machte ihn wertvoll. Trotzdem nahmen Abenteurergruppen Heiler selten mit, weil sie keinen weiteren Nutzen versprachen. Dass sie Derya mitgenommen hatten, lag einfach daran, dass sie aus dem südlichen

Inselreich kam. Sie sprach die südlichen Dialekte und kannte sich in den Dschungelgebieten aus. Und – was noch wichtiger war – sie hatte sich von selbst gemeldet. Kaum ein Geistheiler wäre bereit, sich einer gefährlichen Unternehmung anzuschließen. Warum auch! Geistheiler hatten ihre festen Heilhäuser in Städten oder Dörfern, in denen sie aufgesucht wurden. Sie hatten keinen Anlass – oder fast nie den Anlass –, ein Abenteuer zu unternehmen. Geld verdienten sie genug mit ihren Patienten: ein abgerutschtes Beil hier, ein gebrochener Arm da, eine schwere Krankheit...

Ganz selten waren die Geistheiler in Geldnot, denn fast jeder brauchte irgendwann ihre Fähigkeiten. Natürlich gab es so etwas wie Erste Hilfe. Erste Hilfe, die vor allem Krieger untereinander weitergaben, die angewendet wurde, wenn kein Heiler in der Nähe war: wie man eine Blutung stillte, wie man einen Verband anlegte, wie man gebrochene Gliedmaßen richtete und schiente und solche Dinge. Andere medizinische Versorgung gab es so gut wie gar nicht, denn es gab überall neben Heilern, Priester oder Schamanen der konkurrierenden Pantheons, die mit ihren Fähigkeiten den Körper wiederherstellten. Dass Derya dabei war, war also etwas ganz Besonderes. Lu nahm sich die Zeit, etwas von der gutturalen Sprache des Südens zu lernen. Sprachenlernen fiel ihm leicht. Die Überfahrt dauerte zwei Wochen, in denen er täglich mit Derya mehrere Stunden übte. Zum Schluss hielt er sich für fähig, eine einfache Konversation mit den Insulanern hinzubekommen. Er glaubte zu bemerken, dass Derya sich in ihn verliebt hatte. Sie errötete leicht, wenn er zu ihr trat, und atmete heftiger. Auch konnte sie ihm nicht lange in die Augen schauen und wendete schnell ihren Blick ab. Und natürlich ging es ihr bei den *wichtigen* Vokabeln, die er unbedingt lernen musste, um Liebe, Sex und Körperteile. Sie wollte mehr, aber Lu hielt sie auf Abstand. Die Menschen hatten einen – seinem Empfinden nach – so starken Körpergeruch, den er nicht ertragen konnte. Elben hatten fast gar keinen Körpergeruch. Auch das Äquivalent zum menschlichen Schweiß trat bei Elben erst nach längerer Anstrengung auf und war fast geruchlos. Wenn elbischer Schweiß roch, war das ein Hinweis auf schlechte Ernährung und ungesunde Lebensführung. Lu gefiel die Vorstellung nicht, mit Derya intim zu werden. Er suchte ihre Nähe immer nur soweit, wie er sie gerade nicht enttäuschen musste. Schließlich kam es ihm nur auf ihr Wissen an – ihr Wesen war ihm egal. Vielleicht war es irgendwann wichtig, wenn sie ihre innere Kraft für ihn einsetzte, statt für einen Abenteuergefährten, wenn es hart auf hart kam, denn Heiler können nur begrenzt heilen und waren irgendwann leer und erschöpft. Derya war eine für menschliche Verhältnisse sehr schöne Frau – natürlich sahen Elbenfrauen viel schöner aus. Dadurch, dass sie vom Stamm der Nkomos war und aus dem Süden kam, hatte sie dunkelbraune Haut, die fester und dicker war, als bei den Menschen, die er bisher gesehen hatte. Viel dicker und fester auch, als die Haut der Elben. Elben haben eine weiche, geschmeidige Haut, die erstaunlich elastisch ist. Die Haut von Derya, die er flüchtig einmal berührt hatte, war härter. Und doch konnte sie weich sein. Das war wahrscheinlich bei den weiblichen Menschen so – oder tierische Fette und Pflanzenöle halfen da nach... Derya hatte ihre langen, krausen Haare derart geflochten, dass es das geschwungene, halbmondförmige Symbol des Gottes Yrden darstellte – einem Gott der Heilkunst des südlichen Pantheons. Diese verschiedenen Pantheons machten ihm zu schaffen. Es war schwieriger, sich die diversen Götternamen zu merken, als die Vokabeln der südlichen Sprache. Der war für das zuständig, dann gab es da diese Göttin. Und dann gab es noch die niederen Gottheiten, den Gott es Jahresanfangs – und alle sprachbegabten Wesen und Völker hatten wieder für gleiche Funktionen ihre eigene Gottheit mit jeweils anderen Aspekten. Der Gott Firat war im Süden der Gott des

Jahresanfangs, aber auch dafür gut, dass neue Geschäftsbeziehungen einträglich werden oder man eine Schwelle übertrat von irgendetwas. Lu konnte sich die Zusammenhänge nicht gleich herleiten und Derya erklärte sie ihm lachend anhand längerer Assoziationsketten. Warum diese riesige Götterwelt notwendig war, wollte ihm nicht einleuchten. Wahrscheinlich kam er aus einer Welt, in der es nur wenige Götter gab. Aber hier verwirrte ihn die Göttervielfalt. Man konnte unmöglich alles richtig machen: Irgendeinen Gott verärgerte man bestimmt mit irgendetwas, was man tat. In den Gesprächen hatte er beobachtet, dass, wenn etwas schief gelaufen war, immer der Regelbruch gegenüber einer Gottheit verantwortlich gemacht wurde. Was sollte er tun? Zunächst hatte er versucht, sich alles einzuprägen, um sich anzupassen. Bald hatte er resigniert aufgegeben. Das dahinter stehende Muster blieb undurchsichtig wie eine Nebelbank. Das Einzige, was er für sich festgestellt hatte, war, dass es im Tempel des Lichts und der Dunkelheit, einer scheinbar überall vertretenen, religiösen Organisation, ein paar große Götter gab, die an erster Stelle verehrt wurden.

* * *

Nachdem sich Aldonas gesetzt hatte, verwandelte sich Jestonaakens Wächterdämon blitzartig von Stein zu Fleisch. Seine rot glühenden Augen fixierten Jestonaaken und sahen das Schwert an seiner Kehle. Jestonaaken stieß blitzschnell zu und er landete tatsächlich einen Treffer. Aber obwohl der vermeintlich tödliche Stich saß – *bei jedem Wesen wäre es ein tödlicher Stich gewesen* – war er nur millimetertief in den Dämonen eingedrungen und hatte ihm mehr oder minder nur einen kleinen Kratzer beigefügt. *Gut, so einfach war es nicht.*
Er sprang zurück und der Dämon sprang auf ihn mit unglaublicher Geschwindigkeit zu. Diese Wächterdämonen waren etwas ganz Besonderes. Und Jestonaaken merkte,

dass sein ganzes Können gefordert war. Vor allem, da sich die Klauen in messerscharfe, einzelne rasierklingenartige Waffen verwandelt hatten. Der Dämon machte sich gar nicht die Mühe zu parieren, seinen Speer einzusetzen, sondern er ging sofort daran, mit beiden Händen Jestonaaken zu fassen. Jestonaaken hob den Schild mit einer Hand und wehrte die eine Klaue ab, während er mit der anderen nach der Hand des Dämons schlug. Tatsächlich landete er wieder einen Treffer, aber wieder schien es nur ein Kratzer zu sein. Das frustrierte ihn, seine Waffe war doch *magisch*. Und er bemerkte keine Reaktion beim Dämon. Aber dies hier war keine Art des normalen Kampfes. Er würde Tausende Treffer landen müssen, wenn es so weiter ging. Er drängte nach vorne, da immerhin die Größe ausgeglichen war. Der Dämon war nur etwas größer wie er. Er überragte normale Humanoide, aber Wolfer waren ja besonders groß und Jestonaaken mit seinen 2,40 m, hatte kein Problem, dem Dämon in die grausamen Augen zu schauen. Diese teuflische Intelligenz, die ihn daraus anblickte. Nur ein Ziel, irgendetwas, das in diesem Raum war, zu verteidigen. Und wieder schlug die Kralle zu, Jestonaaken hob den Schild und er bemerkte die große Beule in seinem Schild. Der Dämon hatte unheimliche Kraft. Und Jestonaaken musste gut zurückfedern mit seinem Handgelenk, was natürlich jeder Krieger beherrschte, um sich nicht den Arm zu brechen. Wieder stieß er zu und wieder landete er einen Treffer. Und wieder schien es nur ein Kratzer zu sein.

Das konnte ja ewig so weitergehen. Er schaute sich um, auch die anderen Gefährten waren in ihre Kämpfe verwickelt. Und auch bei ihnen schien es nicht gut auszusehen. Nur Lacarna schien ihren Dämon voll im Griff zu haben und es sah so aus, als würde sie mit ihm spielen. Leichtfüßig, wie die Elben waren, parierte sie, wich ihm aus, und setzte Treffer um Treffer, wobei sie systematisch vorzugehen schien, um seine Schwäche zu finden.

Bergolas Dämon war überrascht worden. Kaum hatte er sich in seine Fleischgestalt verwandelt, hatte Bergola mit ihrer Garrotte zugezogen. Und irgendwie musste sie eine gute Stelle erwischt haben, denn der Dämon zuckte unkontrolliert vor Schmerz, sie zog mit aller Gewalt, die Dämonenhaut war sehr dick. Das war ihr klar. Aber sie merkte, sie konnte es schaffen. Der Dämon versuchte nach hinten zu greifen mit seinen Armen und sie von sich zu reißen – und er war unheimlich stark. Aber Bergola war ein geschickter Dieb. Sie war es gewohnt auszuweichen, zu klettern und sich dabei hin- und herzubewegen – kein Ziel zu bieten. Wie wenn sie eine Dachrinne herunterstieg und man sie mit Pfeilen beschoss. Man traute der Zwergin diese Geschicklichkeit gar nicht zu. Fast elbengleich bewegte sie sich hin und her, wich den Krallen des Dämons aus und zog immer fester zu. Diese Garrotte war natürlich etwas Besonderes. Sie hatte im Draht ein spezielles Gift eingewoben, was auf die meisten Wesen wirkte. Und sie hatte gehofft, auch auf Dämonen. Sie ging eigentlich immer sehr gut vorbereitet in einen Kampf. Und Gift einzusetzen war klüger, als einen übermächtigen Gegner auf sich zukommen zu lassen. Man musste jede Chance nutzen. Jestonaaken würde vielleicht sagen, das sei ein unehrenhafter Kampf. Aber sie war der Meinung, dass das Prädikat „unehrenhaft" nur der Sieger am Schluss des Kampfes entscheidet. Was nützte es, ehrenhaft zu sterben, nein, sie wollte hier lebend herauskommen. Und sie wollte auch ihren Wert der Gruppe zeigen. *Mist,* eben hatte der Dämon sie erwischt. Zum Glück war es nur ein Kratzer, aber sie merkte, dass er dabei ihre halbe Lederrüstung aufgerissen hatte. Das konnte nicht so weitergehen. Sie verstärkte noch einmal ihren Griff, obwohl sie schon mit aller Kraft zuzog. Und irgendwie hatte sie auch das Gefühl, dass der Dämon schon etwas langsamer wurde. Vielleicht war auch der Wunsch der Vater des Gedankens, aber irgendwie hatte sie das Gefühl, ja – es ging langsamer voran. Und sie zog fester zu. Dann schrie sie ganz laut, dass die Gefährten es auch hören konnten.

„Der untere Teil der Kehle ist besonders leicht zu verletzen! Konzentriert euch darauf!"

Jestonaaken hatte es gehört. *Komisch, er hatte eigentlich den Bereich im Blick gehabt, aber irgendwie war er abgerutscht.* Bergolas Warnung half ihm. Und dann hörte er ein Krachen. Lacarna hatte ihren Dämon besiegt. Er fiel um, und während er schon tot war, wurde er wieder zu Stein. Daher kam das Dröhnen und Krachen. Lacarna war frei und kam Otanios zu Hilfe, der mit seinem Dämon die größten Schwierigkeiten hatte.

* * *

Sie waren jetzt insgesamt schon drei Wochen unterwegs. Der Urwald von Kalantan war bekanntes Drachenrevier. Das Schiff, das sie zur östlichen Großinsel des südlichen Königreichs gebracht hatte, war auch ziemlich schnell weitergefahren, nachdem die Passagiere von Bord waren. Es würde in Abstände von zwei, vier und sechs Wochen noch jeweils eine Stunde um die Zeit des Hochwassers anlegen, um sie und (hoffentlich ihre Beute) wieder aufzunehmen – so war es vereinbart worden.

Jeder hatte mehrere Fläschchen mit Drachenbann ausgehändigt bekommen. Drachenbann ist ein hochpotentes Gift, das nicht nur auf Drachen verheerend wirkt, sondern allgemein gern von Assassinen und anderen „Beseitigern" benutzt wurde, da es unspezifisch auf die allermeisten Wesen tödlich wirkte. Lus Zweifel an der Durchführbarkeit einer erfolgreichen Drachenjagd hatten sich etwas verflüchtigt, als ihnen von Errollos die von Yaro erhaltenen, kleinen Fläschchen voll Drachenbann überreicht wurden. Zuvor hatte er die Mission als Himmelsfahrtkommando eingeschätzt. So hatten sie jetzt eine Chance…

Lu merkte dem Kapitän an, dass er keine Hoffnung für die Gruppe sah und sie alle für arme Irre hielt, die ihr Leben wegwarfen.

Drückende Hitze lastete auf ihnen. Lu ging voran – schließlich war er bei dieser Drachenjagd-Expedition als Schwertkämpfer engagiert worden. Die kleine Gruppe verließ sich auf seine geschärften elbischen Sinne und seine überragende Reaktionsgeschwindigkeit. Obwohl der Dschungel in der Welt für ihn genauso undurchschaubar war wie alles andere auf dieser Welt, konnte er sich doch gut orientieren und auf die überall lauernden Gefahren blitzschnell reagieren. Wenn er eine giftige Schlange sah – zumindest nahm er an, dass sie giftig war, oder wenn er Insekten bemerkte, die ihm nicht geheuer waren – machte er die Gefährten darauf aufmerksam.

Ja, die Gefährten…eine seltsame Ansammlung von Individuen, die sich da hinter ihm durch den Dschungel schlängelten. Dass sie sogar einen bekennenden Gestaltwandler dabei hatten, machte ihm zu schaffen. Gestaltwandler waren Wesen, die sich in verschiedene andere Spezies perfekt verwandeln konnten. Also auch in einen Elben, Menschen, Wolfer…, alles, was einigermaßen von der Körpermasse her darstellbar war. Nicht kleiner als ein Zwerg. Zum Beispiel konnten sie keinen Gnom imitieren, weil die Masse nicht mehr verteilt werden konnte, aber vom dicken Zwerg bis zu einem schlanken Wolfer, sogar einem dünnen Oger konnte jede Gestalt angenommen werden. Der Gestaltwandler Naryx hatte zurzeit die Form eines Elben angenommen und war ein Psi-Magier. Seine Aufgabe bestand darin, sie zu schützen, wenn sie Drachen begegnen sollten, die über außerordentliche Psi-Fähigkeiten verfügen. Nicht alle Drachen waren darin so versiert, aber allen Drachen wurden latente Psi-Kräfte nachgesagt.

Je mehr Lu mit den Gefährten auf der Überfahrt in das südliche Königreich gesprochen hatte, desto mehr wurde ihm bewusst, dass er diese wunderbaren Echsen nicht aus

Profitgier jagen wollte: um ihre Knochen zu Geld zu machen und eventuell ihren Hort auszuplündern. Ihm kam es so vor, als würde man Elben jagen wegen ihrer magischen Knochen – was durchaus schon vorgekommen war, wie der Expeditionsleiter Errollos süffisant erzählt hatte – in den Orkgebieten...

Lu hatte sich von dieser Geschichte nicht einschüchtern lassen. Was ihm zu schaffen machte, war, dass er die Signale des Urwaldes noch nicht lesen konnte. Er musste sich in dieser ungewohnten Umgebung stark konzentrieren. Hier war Dschungel, hier waren bestimmte Gerüche. Er hatte bemerkt, dass diese Gerüche nach ein bis zwei Stunden aufhörten. Dann hatte die jeweilige Pflanze, von der der Geruch verströmt wurde, ihre Zeit überschritten. Man konnte die Tageszeit anhand des vorherrschenden Duftes erkennen oder an den Geräuschen der Tiere. Die Brüllaffen waren von vier bis sechs Uhr vor der Morgendämmerung zu hören, in der Nacht hörte er das Flügelschlagen der Falter, die vom Geruch besonderer Blüten angezogen wurden, die sich nur nachts öffneten. Aber da er all diese Pflanzen und Tiere und all diese Zusammenhänge noch nicht kannte, musste er sich dies alles neu erschließen durch Beobachtung und noch bewusstere Wahrnehmung. Und es begleitete sie kein Druide oder ein anderer, mit der Natur besonders Vertrauter, den er hätte fragen können. Die Elben dieser Welt hatten diese Fähigkeiten natürlich – vielleicht waren sie ihnen auch angeboren. Ihm selbst war hier alles fremd. Und er bedauerte es. Er schätzte die Schönheit der Natur und er mochte es, Voraussagen über seine Umgebung machen zu können. Gewisse Dinge konnte er schon für sich wahrnehmen: Da war dieser durchdringend blumige Duft, den man nur zur dritten Stunde nach Mittag riechen konnte. Er war wunderbar. Natürlich war er nicht überall, aber doch in diesem Dschungel weit verbreitet. Zur vierten Stunde war dieser Duft schlagartig weg. So, als hätte man ihn abgeschaltet.

Lu hatte diese Pflanze in der Zwischenzeit gesucht – war einen kleinen Umweg gegangen – nur um sie zu sehen und um zu *verstehen*. Sie wuchs in den mittleren Stufen der Bäume auf 5 m Höhe – in den Astgabelungen, auf denen sich Laub angesammelt hatte. Die Pflanze hatte dort ein kleines Biotop geschaffen, indem sie mit ihren Wurzeln eine Art Wasserfänger geschaffen hatte. Zusätzlich bildete die Pflanze kleine Ranken von vielleicht einem halben Meter, die herunterhingen, um so Feuchtigkeit aus der Luft aufzunehmen und sie an die Wurzeln zu transportieren. Es war faszinierend für ihn gewesen, wohingegen die Gefährten für seinen Abstecher in das Astgewirr der Bäume kein Verständnis hatten. Diese Pflanze – er hatte sie in Ermangelung des korrekten Namens „Wasserranke" getauft – hatte ihm die Schönheit der Natur vergegenwärtigt. Von den kleinen gelben Blüten ging der Duft aus, den er immer wieder wahrnahm.

Ja, es gab so viel zu sehen, so viel zu erfahren. Und was machte er hier: Er war auf den schnöden Mammon aus. Er wollte hier das Geld verdienen, um seine Erinnerungen wieder zu erhalten, um vielleicht all diese Erfahrungen – aus einer anderen Welt, einer fernen Welt -, die ihm vielleicht hier gar nichts nützten, wiederzubekommen. Sein Leben wiederzubekommen. Vielleicht auch seine Liebe wiederzubekommen...

Dies alles ging ihm durch den Kopf, während er sich und seinen Gefährten den Weg durch den Dschungel bahnte.

Da war plötzlich ein Geräusch, ganz unnatürlich. Und er bemerkte, wie die Umgebung, wie die Tierwelt um ihn herum auf einen Schlag verstummte. Hier war etwas Gefährliches. Es kam etwas auf sie zu. Er stockte kurz, gab den Gefährten ein Zeichen stillzustehen und versuchte, sich zu orientieren...

* * *

Wie erwartet, waren alle steinernen Wächterdämonen zum Leben, als Aldonas sich auf den Thron gesetzt hatte. Seine Dämonin Ariella und auch Minelles Dämon Pandor, hatten sich von der Hundeform in ihre richtige Gestalt verwandelt und flankierten ihn rechts und links, um die Wächterdämonen von ihm abzuwehren, die neben dem Thron standen. Minelle stand vor ihm und wollte mit ihren Zaubersprüchen denjenigen der Dämonen unterstützen, der Schwierigkeiten mit den Wächterdämonen hatte. Es war eine groteske Situation. *Es waren zehn Dämonen im Raum und er kam sich vor wie bei einem Ausflug in die Hölle... Acht Wächterdämonen und ihre Verbündeten, die ja auch Dämonen waren, Minelles und seiner.* Er konnte sich über die momentane Lage einen Überblick verschaffen. Er wurde gut abgeschirmt rechts und links, denn wenn Dämonen gegen Dämonen kämpfen, dann haben sie kein Auge für etwas anderes. Altahif schlug sich gut. Sahif die Flugschlange nahm dem Wächterdämon immer wieder die Sicht und Altahif landete mit seinem Stab Treffer um Treffer. Ob er dem Dämon wirklich Schaden zufügen konnte, konnte er allerdings nicht beurteilen. Allerdings wurde Altahif überhaupt nicht getroffen. Er war so wendig in seinen echsenflinken Bewegungen, dass der Dämon einfach zu langsam war. Und die Flugschlange tat ihr Übriges, indem sie immer wieder kleine elektrische Blitze aussandte, die dem Dämon doch zu schaffen machten. Schlecht stand es um Otanios, der Zentaur, der darauf bestanden hatte, ehrbar zu kämpfen und die vollkommene Verwandlung seines Dämonengegners abgewartet hatte. Er wurde schwer bedrängt und blutete aus mehreren Wunden. Trotz seiner Kraft und Größe war er dem Dämon unterlegen. Ihm musste geholfen werden, das war Aldonas klar. Lacarna hatte mit ihrem Dämon kaum Schwierigkeiten. Sie spielte eher mit ihm, so als hätte sie sich schon auf den Kampf gefreut und schien den Dämonen eher durch ihre Finten und kleine Schläge ärgern zu wollen. Jestonaaken, der zwar als Paladin auch für den ehrbaren Kampf war, aber Dämonen als unehrenhafte Wesen ansah, war auch schon drauf und dran, seinen Gegner in Stücke zu hauen. Eben gerade hatte er ihm einen Arm abgehauen, der wieder zu Stein wurde und zu Boden polterte. Wächterdämonen waren eine ganz besondere Spezies. Sie kamen nicht aus der Hölle, sondern sie waren Mischwesen aus der Alchemistenküche, geschaffen aus Dämonenknochen und Zauberei und mit besonderer Magie in ihre steinerne Form gebannt bis zu dem Augenblick, in dem ihre Wächterfunktion aktiviert wurde.

Ariella schlug sich doch nicht so gut, wie es im ersten Augenblick schien und er sah den Wächterdämon neben sich kurz erstarren – wahrscheinlich hatte Minelle ihn mit einem Zauber blockiert. Ariella nutzte das und warf ihn zu Boden. Da bewegte er sich wieder. Aber Ariella war schon über seiner Kehle und versuchte ihm nun endgültig den Gar auszumachen. Minelles Dämon schien stärker zu sein. Der Kampf war ausgeglichen. Auch hier wirkte Minelle einen weiteren Zauber, der aber nicht fruchtete.

Was konnte er tun? Aldonas überlegte. Sich auf den Thron zu setzen, hatte die Wächterdämonen zum Leben erweckt. Also war Sich-auf-den-Thron-Setzen etwas Wichtiges, etwas, das sie voranbringen musste. Er fuhr mit der Hand die Lehnen entlang.

Gab es hier irgendetwas – etwas das man tun konnte?
Zunächst fand er nichts. Doch als er vorne übergriff, am Ende der Lehne, ganz vorne, bemerkte er eine fast unmerkliche, daumennagelgroße Vertiefung. Er drückte in sie hinein. Vor Schreck sprang er auf, denn der Thron bewegte sich nach vorne auf Minelle zu. Langsam, aber auch Minelle machte überrascht einen Satz zurück. Aldonas setzte sich wieder und sah sich um, was hinter ihm jetzt erschienen war. Kniehoch war eine kleine Tür zu sehen von einem halben Meter Höhe und Breite.

Ah, ein Geheimfach – das musste ein Geheimfach sein.
Lacarnas Dämon fiel. Sofort sprang sie Otanios zur Seite, denn der Zentaur lag schon fast am Boden, sein Wächterdämon schon über ihm, den Speer erhoben zum tödlichen Stoß. Auch Bergola hatte ihren Dämon getötet. Und hatte es auf eine grausame Art getan. Der steinerne Kopf rollte fast bis zum Thron vor Aldonas Füße.

Gemmetta hatte ihren Dämon durch Zauberei erstarren lassen und wartete auf weitere Unterstützung. Hier kam ihr Jestonaaken zu Hilfe. Ariella vollendete ihr Werk und tötete den Wächterdämon, der wieder zu Stein wurde.

Minelles Dämon schaffte es schließlich, den Wächterdämon auf den Boden niederzuringen. Minelle nutzte einen weiteren Zauberspruch und das linke Bein des Wächterdämons ging in Flammen auf. Der Dämon schien keinen Schmerz zu spüren, aber seine Bewegungen wurden doch merklich langsamer. Und das reichte. Minelles Dämon brachte es mit ein, zwei Bewegungen fertig, einen Vorteil zu erringen und tötete ihn mit seinen Klauen.

Jetzt ging alles sehr schnell. Sie waren in der Überzahl. Bergola kam Altahif zu Hilfe mit ihrer Axt. Und kaum das man sich versah, waren alle Wächterdämonen überwältigt am Boden.

Wieder zu Stein erstarrt, manche zerbrochen, manche ganz, aber die Verletzungen im Stein zurückgeblieben. *Seltsam, wenn man die schlimmste Verletzung versteinert vor sich sah. Aber hier durfte man kein Mitleid haben.*

„Kommt her! Hier ist eine Geheimtür hinter dem Thron." rief Aldonas.

Die Gefährten versammelten sich um ihn und Bergola schritt mutig voran und untersuchte die geheime Tür. Es waren keine Symbole zu sehen, also nahm Aldonas an, das Kotoran nicht damit gerechnet hatte, dass jemand an den Wächterdämonen vorbeikam. Bergola öffnete, nicht ohne vorher Handschuhe angezogen zu haben, die Tür. Drinnen war eine Kiste, fast eine Schatulle aus Holz, wie es schien. Eingerollt in einem pergamentenen Behälter befand sich daneben eine Schriftrolle. Bergola gab die Schriftrolle an Aldonas, der sie vorsichtig öffnete.

Leider nicht vorsichtig genug! Ein Teil der Schriftrolle zerbröselte zu Staub. Er ärgerte sich, aber diese Schriftrolle musste sehr, sehr alt sein. Bergola machte sich in der Zwischenzeit an der Kiste zu schaffen. Sie untersuchte sie nach Fallen. *Was wohl darin war?*

∗ ∗ ∗

Alle verharrten reglos in angespannter Stille und Errollos begann einen Zauber zu wirken, der alle vor Verbrennungen schützen würde. Er würde zwar nur zehn Minuten halten, aber das sollte eigentlich ausreichen. Errollos ärgerte sich, so früh schon auf einen Drachen zu treffen, weil sie total unvorbereitet waren. Derya machte sich bereit zu heilen und hatte gleichzeitig ihre Armbrust geladen – mit vergifteten Bolzen versehen mit *Drachenbann*.

Und plötzlich brach etwas durch das Unterholz und sprang auf sie zu. Lu konnte geschickt ausweichen. Aber es war gar kein Drache. Es war ein katzenartiges Wesen mit einem Löwenkopf, in dem sich aber das menschliche Gesicht einer alten Frau befand, ein riesiger Löwenkörper… Er hatte so ein Wesen noch nie gesehen. Es war schimärenhaft wie aus verschiedenen Wesen zusammengesetzt.

Und tatsächlich, es riss sofort das Maul auf und versuchte sie alle in seinem Feueratem zu grillen. Errollos hatte mit seiner Vorsichtsmaßnahme recht behalten. Derya schoss ihren ersten Bolzen. Lados schickte dem Wesen einen Blitz vom Himmel. Beide trafen sicher ihr Ziel, was aber keine unmittelbare Wirkung hatte.

Derweil brüllte Errollos: „Ein Mantikor, passt auf.‟

Nachdem Lu ausgewichen war, hatte er nun seitlich vom Mantikor gestanden und war nicht sofort im Feuerstrahl gewesen. Trotzdem war er beruhigt, dass Errollos sie alle zuvor gegen Feuer immunisiert hatte. Er erhob sein

Schwert und versuchte noch weiter hinter dem Mantikor zu kommen, was ihm aber nicht gelang. Der Mantikor drehte sich seitlich und schlug mit einer, seiner Größe überhaupt nicht zuzumutenden Geschwindigkeit mit der Pranke zu, um Lu den Kopf abzureißen. Lu duckte sich weg, riss sein Schwert hoch und versuchte, irgendeine Verletzung herbeizuführen, denn auch sein Schwert war mit Drachenbann getränkt und er hoffte, dass das Gift bald Wirkung zeigen würde. In der Zwischenzeit hatte Derya den nächsten Bolzen aufgelegt. Errollos, der zunächst hinter Lu gewesen war, war jetzt an vorderster Front und kam nicht mehr dazu, weitere Zaubersprüche zu sprechen. Er hatte seinen Schild und seinen Morgenstern erhoben, als die andere Pranke des Mantikors auf ihn heruntersauste. Lu selbst fand die Waffe des Spruchmagiers als zu schwerfällig, musste aber schnell zugeben, dass Errollos ausgezeichnet damit umzugehen wusste – in einer echten Kampfsituation. Die Pranke sauste herunter und zerstörte Errollos' Schild und der schrie auf; wahrscheinlich hatte ihm die Wucht des Schlages den Schildarm gebrochen. Der nächste Bolzen von Derya sauste auf den Mantikor und traf wieder. Dieses Mal wirkte der Mantikor nicht mehr ganz so unbeteiligt. Der Bolzen hatte gesessen und das Gift schien auch langsam zu wirken. Leichter Schaum bildete sich entlang der Lefzen. Außer sich vor Wut und Schmerz ließ der Mantikor noch einmal einen Feueratem los und badete, den Kopf dabei drehend, alle Gefährten darin. Als Lu den Feueratem abbekam, wollte er sich ducken, doch es war zu spät gewesen. Er bemerkte, wie das Feuer lediglich als ein warmer Windhauch um ihn herumging. Natürlich behinderte es seine Sicht. Doch wenn er bedachte, dass er eigentlich bereits ein verkohlter Leichnam sein müsste, war er Errollos für den Schutzzauber unendlich dankbar. Er rollte sich über den Boden und hatte es endlich geschafft, hinter den Mantikor zu kommen. Hier erwartete ihn eine Überraschung. Der Mantikor hatte hinten einen mit Stacheln versehrten Schwanz und als hätte er hinten Augen schwang er den Schwanz herum und Lu musste all seine Geschicklichkeit aufbringen, um den Schwanzhieb zu parieren. Durch die Wucht des Aufschlages wurde er gegen einen Baum geworfen, und sein Schild war in den Stacheln des Mantikorschwanzes stecken geblieben, was aber immerhin den Vorteil hatte, dass die Stacheln niemanden mehr verletzen konnten. Allerdings hatte einer der Stacheln zuvor beim Angriff den Schild durchdrungen und ihm den Schildarm geritzt. Es war zwar nur ein verhältnismäßig kleiner Kratzer, trotzdem brannte die Wunde wie Feuer. *Hoffentlich haben Mantikore kein Gift.* Er rappelte sich auf und pirschte sich sofort wieder heran, wobei er den Schwanz auch besser ausweichen konnte, denn die zusätzliche Last des Schildes machte die Bewegungen des Mantikors langsamer und berechenbarer. Er konnte am oberen Teil des Schwanzes einen Hieb setzen und der Mantikor kreischte wütend auf. Lu hörte wie ein weiterer Bolzen von Derya, die sich als wirklich ausgezeichnete Schützin herausstellte, sein Ziel fand, wodurch sich das bisher eher wütende Gebrüll des Mantikors in ein schmerzhaftes verwandeltes mit einem deutlichen Jaulen im Unterton, während sich seine Bewegungen deutlich verlangsamten, sodass Errollos auch noch einen vollen Treffer mit seinem schrecklichen Morgenstern landen konnte. Das Drachenbann tat seine Wirkung! Der Mantikor wurde zusehends träger und begann zu wanken. Lu und Errollos konnten nun Treffer um Treffer setzen. Ebenso Derya, die sich die oberen Bereiche der rechten Seite aussuchte, um Errollos und Lu nicht in die Quere zu kommen. Gift, Bolzen und Treffer setzten dem Ungeheuer immer mehr zu. Schließlich brach es zusammen und blieb reglos liegen. *Ob Drachenbann auch bei den Drachen so langsam wirken würde? Ihr Götter, wie sollen wir einen solchen Kampf überstehen.*

Lus Sichtfeld engte sich ein und ihm wurde schwindelig. *Er war doch vergiftet, dieser Stachel!,* fluchte er innerlich. Mit letzter Kraft taumelte er auf Derya zu.

„Gift vom Schwanz..Arm…hier..", konnte er noch stammeln. *Bin eben bei Weitem nicht so resistent gegen Gift wie der Mantikor.* Er schloss und öffnete kurz die Augen, Derya über sich gebeugt.

Schöne Augen... vielleicht hätte ich auf dem Schiff doch mit ihr schlafen sollen…

Er versank in Schwärze.

* * *

Da war die Kiste. Aldonas nahm sie von Bergola in die Hand. *Oh, sie war erstaunlich schwer. Da musste etwas Schweres drin sein.* Sie war länglich, etwa einen halben Meter lang, aber nur halb so tief, vielleicht handbreit hoch. *Was konnte da wohl drin sein?* Sie war über und über bedeckt mit Runen. Das erkannte Aldonas sofort. Er versuchte, sie zu lesen. Obwohl Runenkunde nicht gerade sein Spezialgebiet war, konnte er das elbische Runenalphabet entziffern und es ergab die Worte:

Würdiger, nähere dich ohne Furcht!
Erfülle deine Bestimmung!
Dunkle Mächte seid gewarnt!
Euch erwartet der Untergang!

Aldonas schluckte. Das war eine klare Ansage. Er legte die Schatulle auf den Thron und ließ Bergola ran. Sie untersuchte die Kiste sehr genau, fand aber keine Fallen.

„Wer ist bereit, die Schatulle zu öffnen?"

Jestonaaken ging schließlich vor.

„Ich vertrete das Gute, lasst mich die Kiste öffnen."

Aldonas trat zurück. Aus seinen Augenwinkeln heraus konnte er sehen, wie Gemmetta Otanios heilte, der sich doch schwere Verletzungen bei dem Kampf mit dem Dämon zugezogen hatte. Er war nun mal eher ein Fernkämpfer, der Nahkampf lag ihm nicht ganz so gut.

Jestonaaken trat an die Schatulle, sprach ein kurzes Gebet an seinen Gott Hakoan und öffnete die Schatulle. Sofort spürte Aldonas einen magischen Angriff. Und dann fühlte er, wie es ihm schlecht ging. Sein Magen krampfte sich zusammen und er spürte, wie ihm Lebensenergie entzogen wurde. Auch Minelle hielt sich den Magen, ebenso die beiden Dämonen, die wieder Hundeform angenommen hatten, jaulten vor Schmerz auf. Lacarna, Gemmetta, Altahif, Jestonaaken, Otanios und Bergola waren nicht betroffen. Aldonas musste sich setzen, er fühlte sich sehr geschwächt. Jestonaaken hatte sich nach den Ausrufen der Gefährten umgedreht. Ihm war scheinbar nichts passiert. Er griff in die Schatulle und holte einen goldenen Stab heraus. An dessen Ende war ein rundlicher Gegenstand von einem kleinen Säckchen verhüllt. Er gab den Stab Lacarna, dann holte er einen Schriftrollenbehälter heraus. Er schien sehr alt zu sein, denn er war schon leicht bröselig. Auch diesen gab er Lacarna. Lacarna konzentrierte sich zuerst auf den Stab, um dann schmerzerfüllt aufzustöhnen.

„Der Stab verhindert, dass ich seine Eigenschaften lese. Kann jemand sonst vielleicht noch etwas herauslesen?" Aldonas öffnete die Hand und Lacarna gab ihm den Stab. Er war schwer, schwerer als er gedacht hatte. Er musste aus purem Gold sein oder einem noch schwereren Metall. Er sah unten eine Art Gewinde, über dem Runen angebracht waren. Das Gewinde war handbreit. Er war etwas erstaunt. Darüber waren wieder Runen. Er drehte vorsichtig, um den Anfang zu finden. Hier stand in elbischer Sprache der Name *Amtonas*.

Er entdeckte weiter oben die Rune der Unvergänglichkeit. Diese wurde oft genutzt, um Sachen unzerstörbar zu machen. Zusammen natürlich mit einem Verewigungszauber. Also war dieser Stab unzerstörbar. Durch nichts, weder mechanisch, noch durch Schmelzen, noch durch irgendeine Magie, zu zerstören. Das war ein großer Zauber. Es gab nicht viele Gegenstände, die unzerstörbar waren, denn Alchemisten verlangten dafür Preise weit über hunderttausend Goldstücken, sodass es nur sehr wenige Gegenstände auf der Welt gab, die unzerstörbar gemacht wurden. Und es dauerte lange Zeit, bis etwas unzerstörbar gemacht werden konnte. Lacarna öffnete vorsichtig die Schriftrolle. Aber auch so vorsichtig sie war, es bröselte immer mehr und schließlich legte sie das Blatt Papier vorsichtig auf den Boden. Es war nur noch weniger als die Hälfte erhalten, weil vieles zu Staub zerfallen war. Es war eine Karte zu sehen, zumindest die Ansätze einer Karte, die den Umrissen von Yodan glich. Im nordöstlichen Zipfel der Insel war ein Gebiet verzeichnet und mit einem Kreuz gekennzeichnet. Darunter war ein Stabreim, so man ihn erkennen konnte. Hier fehlten einige Worte.

Aldonas, der Lacarna über die Schulter schaute, las „Baumhaus", „Feenland" und „Sumpf". Alle anderen Worte waren entweder zerbröselt oder so abgeschnitten, dass man ihren Sinn nicht zuordnen konnte.

„Kann jemand von euch einen *„Bewahren"*-Zauber?" Lacarna fragte in die Runde. Keiner antwortete.

„Ich würde sagen: Keiner!", sagte Aldonas.

„Mmh, gut, dann müssen wir etwas anderes machen. Wir müssen soviel wie möglich Informationen, die wir jetzt gerade haben, konservieren. Wer hat ein besonders starkes Gedächtnis, ein fotografisches Gedächtnis?"

Otanios kam nach vorne. „Wir aus den Ebenen, wir haben ein sehr gutes, bildhaftes Gedächtnis."

Er blickte auf die Schriftrolle und prägte sich alles bzw. das, was noch übrig war, ein, wofür er fünf Minuten brauchte. Die anderen standen unschlüssig da. Gemmetta hatte in der Zwischenzeit Minelle gefragt, ob sie geheilt werden wollte, die das bejahte. Dass die beiden Damen, die sich nicht miteinander grün waren, einander halfen, überraschte Aldonas leicht. Allerdings war das hier eine Gruppe mit einem gemeinsamen Ziel. Allerdings weigerte sich Gemmetta, die Dämonen zu heilen. Auch Aldonas fragte, ob er geheilt werden konnte und Gemmetta tat ihm den Gefallen. Es war immer wieder eine interessante Erfahrung. Er hatte sich bisher nur von übernatürlichen Wesen heilen lassen. Jetzt das erst mal von einem Humanoiden. Die Halborkfrau legte ihre Hände an seinen Hals. Ein warmer Energiestrom floss von ihrer Hand über auf seinen Hals und irgendwie schien er auf sein Blut überzugehen und dabei seinen gesamten Körper auszufüllen. Die vorherigen Schmerzen in seinem Magen verschwanden. Er fühlte sich wohl, so als wäre er frühmorgens aufgestanden, total ausgeschlafen. Nichtsdestotrotz merkte er, dass es nur ein Gefühl auf der psychischen Ebene war. Sein Körper war noch etwas geschwächt. Aber wahrscheinlich würde sich das bald legen.

„Gut, ich glaube, hier gibt es nichts mehr zu finden. Bergola, schau bitte noch einmal in der Geheimkammer, ob du noch irgendetwas findest.", bat Lacarna.

Bergola fand nichts. Dann führ Lacarna fort: „Lasst uns nach oben in Aldonas Räumlichkeiten gehen und beraten, was wir jetzt tun."

Die Gefährten gingen nach oben. Aldonas wies seine neue Sklavin an, Essen zuzubereiten und Getränke aufzuwarten, sodass sie in Ruhe beraten konnten.

* * *

Lu schlug die Augen auf. Derya war über ihn gebeugt und Tränen der Erleichterung fielen auf Lus Gesicht. Er erinnerte sich noch an die Schwäche durch das Gift des Mantikors.

"Wie geht es dir?", fragte Derya zärtlich besorgt. Er fühlte in seinen Körper hinein, um Derya eine ehrliche Antwort zu geben. Eine leichte Taubheit hatte seine Glieder noch befallen und es fühlte sich an, als hätte er zu viel Alkohol getrunken, aber es ging.

„Wieder besser!", sagte er erleichtert. „Das hat mich ganz schön viel Kraft gekostet. Dieses Gift ist ein sehr potentes Gift, viel besser als unser *Drachenbann* oder das Wesen war besonders immun dagegen."

Der Kampf musste vielleicht zehn oder zwanzig Minuten her sein. Der Mantikor lag ausgeblutet in der Ecke des Waldes. Lagos hatte die Flammen mit seinem Luft-Elemental gelöscht.

„Wir brechen so schnell wie möglich auf. Diese Rauchsäule sieht man meilenweit und dieser niedergebrannte Wald macht mich nervös. Kommt, lasst uns weiter gehen und woanders ein Lager aufschlagen, damit Lu sich erholen kann." Errollos sprach, fast ohne zu atmen, in großer Geschwindigkeit.

Sie packten ihre Sachen und Lu stand auf. Es war machbar, er konnte gehen und fühlte sich gar nicht so geschwächt. Derya half ihm und irgendwie war der Körperkontakt zu ihr angenehm. Auf einmal nahm er sie anders war, mit Dankbarkeit. Auf einmal störte ihn ihr Körpergeruch auch nicht mehr. Es war wie ein Muttermal, das vielleicht nicht an der besten Stelle platziert ist, doch es war nicht mehr so auffällig wie vorher.

„Ich werde vorausgehen!", sagte Errollos.

Sie gingen eine halbe Stunde durch den Dschungel, doch dieses Mal bahnte Errollos den Weg mit seinem Morgenstern. Es war eine gewisse Wut in seinen Schlägen, wie er die Blätter auf die Seite schlug und Lu fragte sich, woran das lag. Sie hatten den Mantikor besiegt. Lu hatte sich noch überlegt, sich ein Andenken mitzunehmen, wie er dem Tod von der Schippe gesprungen war. Schließlich hatte er das Schwanzende des Mantikors abgeschnitten, woran die Stacheln waren. Es war im Prinzip auch ein Morgenstern, nur ein weicher. Komischerweise hatte er jetzt diesen Morgenstern in seinem Rucksack, eingewickelt in mehrere Lagen Blätter, damit er sich daran nicht stach, und fragte sich, was er aus diesem Kampf lernen sollte. Eine dreiviertel Stunde später hatten sie eine kleine Lichtung erreicht, die Errollos als Rastplatz auserkor. Obwohl es erst Nachmittag war, bestand Errollos darauf, dass sie hier blieben und hier auch übernachteten.

Sie sammelten etwas Holz für die Zubereitung des Abendessens und wie es im Dschungel so ist: Alles Holz war modrig und feucht und es war ohne die Hilfe von Lagos nicht möglich, hier ein Feuer zu machen. Er beschwor aber Elementarkräfte und ein gutes warmes Lagerfeuer, das gespeist von Energie und dem moderigen Holz fröhlich vor sich hinbrannte, stand ganz im Gegensatz zu Errollos' Laune. Sie versammelten sich um das Feuer und Errollos begann zu sprechen:

„Das war ja wohl keine Meisterleistung! Wie sollen wir Drachen jagen, wenn wir so in einen Kampf gehen. Obwohl wir gewusst haben, dass ein Gegner kommt, haben wir uns total unkoordiniert als Gruppe verhalten. Lu, ich bin froh, dass du überlebt hast. Aber du musst uns Magier schützen, uns, die wir keine Kämpfer sind. Du musst immer den Blick des Gegners auf dich ziehen. Du hast mir die Last des vorderen Angriffs überlassen, sodass ich keine Zauber mehr wirken konnte, weil ich mit meinem Morgenstern zuschlagen musste. Der Morgenstern ist meine letzte Waffe, dann, wenn ich keine Zaubersprüche am Tag mehr zur Verfügung habe oder keine verschwenden will. Auch Lagos war es nicht möglich, ein Zauberspruch zu sprechen, da auch er in den Nahkampf verwickelt war. Das sollte nicht passieren. Derya war die Einzige, die ihrer Rolle gerecht werden konnte, nämlich indem sie Armbrustbolzen auf den Mantikor schoss. Lu, du musst die Aufmerksamkeit des Gegners auf dich ziehen. Wir sind hinter dir und machen ihn dann mit unserer Magie fertig. Wenn du es schaffst, ihn mit dem Schwert zu besiegen, wunderbar. Er darf auf keinen Fall in unsere Richtung kommen und darf uns auf keinen Fall davon abhalten, Magie zu wirken. Ein Drache hätte uns mit Leichtigkeit besiegt. Wir hätten nicht den Hauch einer Chance gehabt und auch gerade hatten wir eher Glück als Können. Du hast gesehen, dass ein Blitz in den Mantikor eingeschlagen hat, doch das war nicht genug. Das war nicht genug, um den Mantikor als magisches Wesen zu besiegen und Drachen sind noch stärker, haben noch mehr Kraft und Lebensenergie. Sie sind nicht so einfach mit einem Blitz oder Feuerball zu besiegen. Oft haben sie Magie und können wieder regenerieren...die Wunden schließen sich von selbst."

Lu war beschämt. Eine solche Maßregelung verletzte seinen Stolz. *Vor allem, weil er recht hatte, Errollos hatte vollkommen recht.* Irgendwie war er beim Kampf auf die Seite gesprungen, hatte versucht, hinter den Mantikor zu kommen und hatte nicht darauf geachtet, dass der Mantikor ihm keine Beachtung bzw. wenig Beachtung schenkte. Er hätte tatsächlich den Mantikor von den Zauberern abhalten können. Derya schaute ihn tröstend an, sagte aber nichts zu dem Ganzen. Auch Lagos schwieg.

„Also, beim nächsten Mal", sagte Errollos, „bist du vorne. Versuche, dem Gegner kleine Verletzungen zuzufügen, damit er sich immer dir zuwendet! Wir werden im Hintergrund sein und unsere Zaubersprüche einsetzen. Geh davon aus: Normalerweise sind unsere Zaubersprüche sehr wirksam. Bei einem Drachen ist es noch wichtiger. Natürlich, du bist in der größten Gefahr, aber du kannst ja auch nicht mehr, nicht mehr, als mit deinem Schwert umgehen. Wir haben mehr Möglichkeiten, daher musst du uns auch die Möglichkeit lassen, dass wir die Wahl haben, das beste Mittel einzusetzen, was uns als Gruppe helfen kann. Jeder von uns kriegt denselben Anteil an der Beute, weil jeder von uns andere Fähigkeiten hat und deine Fähigkeit ist es, der „Attackenfänger" zu sein. Du musst die Attacken des Gegners abfangen, dass sie uns nicht treffen, dass wir das Beste daraus machen können. Lu fühlte sich unwohl bei dem Wort „Attackenfänger". *Er sollte also alles abbekommen. Andererseits, Errollos hatte recht, er konnte keine Magie, er konnte kein Psi und das Schwert war das Einzige, was er hatte zusammen mit seinen schnellen Reflexen.* Deryas Rolle war auch klar, sie sollte im Fernkampf bleiben, bloß nicht in den Nahkampf gehen und später alle heilen.

„Ja, ich habe verstanden und werde mich daran halten". Errollos fuhr fort: „Lagos, auch du warst nicht gerade sehr koordiniert mit uns. Wir sollten uns nach rechts und links verteilen,sodass wir ein Dreieck bilden. So, dass Lu vorne ist, wir von links und rechts Zaubersprüche machen und Derya von hinten den Fernkampf vollziehen kann und freie Schussbahn hat, sofern das Wesen größer ist als Lu, so es denn möglich ist. Wir müssen uns besser koordinieren und ein Luftelemental habe ich in diesem Kampf auch nicht gesehen..."

„Hm, ja ich habe es ehrlich gesagt Früchte holen geschickt.", erwiderte Lagos kleinlaut.

„Das ist sehr löblich, dass du an die Gruppe denkst, doch ich glaube, wir haben genug Proviant dabei, dass wir uns nicht hier aus dem Urwald bedienen müssen."

„Ich hatte aber Lust auf frische Früchte."

„Ich verstehe das vollkommen," blaffte Errollos, „aber unsere Sicherheit ist viel wichtiger und im nächsten Gebüsch und hinter dem nächsten Riesenbaum kann ein riesiger Drache stehen, gegen den wir all unsere Kraft und all unsere Fähigkeiten brauchen. Dass wir noch am Leben sind, ist ein großes Glück. Allein schon der Feuerstrahl… Wären wir etwas überraschter gewesen, hätte er uns alle grillen können und wir wären wahrscheinlich so verletzt worden, dass unser Kampf nur ganz kurz gedauert hätte."

Alle murmelten Zustimmung und Lu verstand, warum Errollos der Anführer war. Er hatte den richtigen Zauberspruch als Erstes losgelassen. Die Unverwundbarkeit gegen das Feuer, er hatte mit dem Morgenstern den Gegner auf sich gezogen und hatte die Übersicht im Kampf bewahrt. *So ist also ein guter Anführer!* Lu wollte sich diese Lektion einprägen, um daraus zu lernen oder sich zu erinnern.

* * *

Jestonaaken weckte sie zur dritten Wache. Lacarna hatte geträumt. Von damals, als alles noch gut war, richtig war und sie glücklich gewesen war. Die Pflicht rief. Sie streckte sich und begann, eine kleine Runde zu drehen. Es war alles ruhig. Sie waren unterwegs zu dem Baumhaus im Land der Feen im Südosten Yodans. Die Schriftrolle in der Kiste des goldenen Stabes hatte sie dazu aufgefordert.
Sie schaute zu den Sternen. Die Erinnerungen kamen über sie, wie sie das erste Mal an diesen ihr damals fremden Nachthimmel geschaut hatte. Nichts Vertrautes, ein Wirrwarr von leuchtenden Punkten in der Nacht. Sie ging weiter. Der Traum wirkte nach in ihr. Und die Erinnerung.
Ihr kleiner Sohn auf ihrem Schoß in einer lauen Sommernacht. Lunardiel war vielleicht fünf gewesen, als er nach den Sternen fragte. Und sie erklärte ihm die Sternbilder – die *richtigen* Sternbilder: der betrunkene Vampir, der lachende Oger, die tanzende Meerjungfrau...
„Mama, warum heißen die Sternbilder so? Die tanzende Meerjungfrau könnte doch auch „Sternstrudel" heißen!"
Sie hatte lachen müssen und freute sich auch über seine gute Beobachtungsgabe.
„Ja, mein kleiner Prinz, du hast recht. Aber klingt tanzende Meerjungfrau nicht schöner? Siehst du, wie die vier helleren Sterne ihre agile Schwanzflosse bilden?"
Lunardiel folgte ihrem ausgestreckten Finger mit einem skeptischen Blick, der sich im Nu in ein strahlendes Lächeln verwandelte.
„Ja, Mama, jetzt sehe ich es auch, und wie sie nach links tanzt und nicht nach rechts."

Mutterstolz stieg in ihr auf und sie umarmte ihren Sohn fest. Dass er sogar die Richtung des Tanzes erkannt hatte...

Tränen rannen über Lacarnas Wangen und sie musste den Blick vom Himmel abwenden. Hier gab es nur Tiere am Nachthimmel: der kleine Wolf, der Wombat, die Ziege...

Wie sie sich nach ihrem Sternbildern sehnte, nach dem anderen Leben, in einer anderen Zeit. Sie umgriff ihren Schwertknauf fester. *Hier darf es nicht soweit kommen!*

Aber die Erinnerungen plagten sie weiter. *Wie es Lunardiel wohl jetzt erging, wenn er überhaupt noch lebte?* Er wäre jetzt 214 Jahre geworden zu Mittsommer. *Nein, er ist 214 Jahre geworden zu Mittsommer!*

Sie kämpfte mit sich. *Vergiss ihn und denke nicht mehr an ihn. Er hat es nicht geschafft.* Sie aber – war hier.

Ihre Wache und ihre Grübeleien wollten kein Ende nehmen.

Geht es wohl jeder Mutter so, wenn sie den Kontakt zu ihren Kindern verloren hat? Oder bin ich zu schwach, zu sentimental? Erinnerungen schossen wie stakkatohafte Blitze durch ihren Geist: Lunardiels Einschulung, sein Mannbarkeitsfest, seine Kampfschulung, seine erste Freundin, sein erstes Haus...

Dann der Krieg, die Krisen, die schlimmen Zeiten. Die fast zu spät anberaumte Flucht. Und er wollte einen aussichtslosen Kampf weiterkämpfen. Mit übermüdeten Augen war er in die Schlacht gezogen, obwohl sie ihn angefleht hatte, mit ihr zu kommen. Aber er wollte auf seine alte Mutter nicht hören, wollte die Welt retten, glaubte an das Gute, dass die Jugend unbesiegbar ist...

Ich hätte ihn mit einem Schlafzauber belegen und dann mitnehmen sollen. Hätte, wenn und aber.

Sie war hier, er nicht. Und das alles war schon über 100 Jahre her...

Wollte diese Wache denn gar nicht enden?

Sie mied den Blick zum Nachthimmel. Das Feuer war schon stark niedergebrannt, sodass sie kleine Zweige nachlegte.

Endlich durfte sie Minelle wecken.

Würde sie Ruhe im Schlaf finden…?

* * *

Kapitel 3

Wie wird man der Anführer einer Bande von Straßenjungen? Natürlich könnte man der Stärkste sein – der, der alle besiegt. Der, der stärker ist als alle anderen, vor dem haben die Kinder Respekt – er wird der Anführer. Das ist eine Möglichkeit. Es bestände auch die Möglichkeit, der Klügste zu sein. Man muss ja nicht der Stärkste sein, aber wenn man mit guten, intelligenten Vorschlägen die anderen führt und immer wieder gute Ergebnisse erzielt im täglichen Überlebenskampf auf der Straße – auch derjenige würde der Anführer werden. Das alles war bei Aldonas nicht der Fall. Er hatte irgendwann beschlossen, dass es für ihn nur eine Lebensweise geben kann: entweder als Anführer oder tot. So hatte er den alten Anführer Lafero herausgefordert und mit ihm auf Leben und Tod gekämpft. Für Lafero war es natürlich nur eine Balgerei, um seinen Status zu verteidigen – für Aldonas ging es um sein ganzes Leben. Aber auch so komisch es war: Im Laufe des Kampfes hatte er das Leben losgelassen, weil auch wenn er tot wäre, wäre alles besser, als irgendwie nur in der Hierarchie zu leben und das wenige Essen, das es gab, weggenommen zu bekommen vom Anführer. Denn Lafero war ein gnadenloser Anführer. Er war es geworden, weil er rücksichtsloser war als alle anderen. Das hatte ihn zum Führer gemacht. Keiner traute sich gegen ihn aufzumucken. Er war nicht unbedingt der Stärkste. Der Halboger Sadox war der stärkste sicherlich in ihrem Bereich. Ein Bär von einem Jungen, stark durch sein Ogerblut, überall waren riesige Muskeln bemerkbar und das schon im Kindesalter, aber seine Intelligenz war nicht die Höchste. So hatte er sich bereitwillig jemandem untergeordnet, der intelligenter war und vor allem rücksichtsloser war – der alles einsetzte, um die Kinder zu führen und sich überall Respekt verschaffte. Der absurde Wagnisse auf sich nahm, einfach aus brutaler Rücksichtslosigkeit. Ja, da steckte Aldonas nun im Kampf mit Lafero und es kam *dieser* Moment. Er wusste, er war körperlich unterlegen. Lange würde er es nicht mehr aushalten. Sie hatten schon fünf Minuten gebalgt und er merkte, wie ihm die Kräfte schwanden, er war unterernährt, er war hoffnungslos, er war verzweifelt. Und in diesem Augenblick überkam ihn eine seltsame Klarheit.

Es ist alles egal, es gibt nur diesen Moment. Wenn ich sterbe, dann sterbe ich, wenn ich lebe, dann lebe ich. Aber es gibt nur diesen Moment. Mein Leben ist mir egal. Mein Sterben ist mir egal. Jetzt und hier, hier habe ich diesen Kampf zu kämpfen – Sieg oder Tod. Entweder aufsteigen, zum Anführer werden oder ausgestoßen werden aus der Gruppe, denn Lafero duldete keinen Rivalen in seinen Reihen.

Wer ihn einmal herausforderte, wurde im Prinzip sofort ausgestoßen. Aldonas kämpfte für alles und eigentlich für nichts. Er kämpfte für den gegenwärtigen Moment und er merkte, wie ihn frische, starke Kraft durchströmte; Klarheit gepaart mit neuer Kraft, als hätte er eine neue Quelle herangezogen und sein Gegner bemerkte es. Aldonas bemerkte das erste Mal Angst in Laferos Augen. Er war es nicht gewohnt, länger als fünf Minuten zu kämpfen, kämpfen zu müssen – vor allem nicht gegen einen vermeintlich schwächeren Gegner. Was war hier los? Er bekam es mit der Angst zu tun und Aldonas wurde immer stärker. Er merkte, es floss ihm Kraft zu, es floss ihm Zuversicht zu und doch blieb er in einem Zustand des völligen "Mir ist es egal, es gibt nur diesen Moment".

Und Lafero wurde immer schwächer und Aldonas hatte ihn am Boden. Er hatte ihn – Lafero musste aufgeben. Die anderen Jungs, die um sie herumstanden, konnten es nicht glauben. Lafero *gab auf!* Sie hatten das noch nie erlebt und waren selbst alle schockiert. Aldonas stand auf und schaute jedem von ihnen länger in die Augen und alle senkten ihren Blick. Keiner wollte der Nächste sein, keiner wollte sich mit ihm anlegen. Lafero war auf dem Boden, total schockiert und konsterniert. Aldonas wandte sich ihm zu und ihn überkam ein plötzlicher Einfall.

„Gut, Lafero, wenn du uns bis heute Abend zwei Goldstücke und genug Essen für alle bringst, darfst du hier in dieser Gruppe bleiben. Wenn nicht, brauchst du erst gar nicht zurückzukommen."

Er gab ihm einen Fußtritt. „Ist das klar?"

„Ja ist klar, ist klar, ja ja ist klar."

Sie hatten Lafero seitdem nicht wiedergesehen…

* * *

Sie streiften nun schon vier Tage durch den Dschungel ohne auch nur die geringste Spur eines Drachen. Errollos schien etwas Bestimmtes zu suchen. Irgendwann sprach Lu in darauf an.

„Nun, wir suchen lichtere Teile des Waldes, in denen Drachen landen oder sich am Boden aufhalten können. So dicht, wie der Dschungel hier gerade ist – das ist meistens in der Nähe der Küste so – landen hier Drachen ungern. Wir können sie schlecht in der Luft jagen. Wir brauchen die Drachen am Boden. Und was noch wichtiger ist: Wenn Drachen mit ihrem Feueratem oder ihrer Magie von der Luft aus kämpfen, sind wir fast chancenlos. Nicht nur, dass wir einen jungen Drachen finden müssen, wie wir es auf dem Schiff besprochen haben – denn gegen einen älteren Drachen hätten wir keine Chance – sondern wir müssen auch einen einzelnen Drachen finden. Ich suche, ehrlich gesagt, etwas, was uns von vornherein einen Vorteil verschafft. Vielleicht eine Lichtung, in der sie ihre Notdurft verrichten oder irgendetwas Ähnliches. Lu, du must eines wissen: Drachen sind so „nett", dass sie ihre „großen Geschäfte" nicht in der Luft, sondern am Boden verrichten. Sie landen dafür und suchen sich einen Platz, an dem sie es in aller Abgeschiedenheit verrichten können. Das kommt uns anderen Wesen ganz zupass. Wenn da so ein mehrere Hundert Kilogramm schwerer „Regen" auf uns herabkäme, könnte das schon etwas unangenehm sein..."

Lu musste bei der Vorstellung lachen: „Das ist aber wirklich sehr *nett* von den Drachen!"

„Ja, ich glaube über die Jahrtausende hinweg, hat sich doch eine gewisse Hygieneetikette herausgebildet."

Und so ging Lu klüger geworden weiter. Tatsächlich lichtete sich der Urwald nach einiger Zeit. Sie waren jetzt vielleicht schon 100 km von der Küste entfernt. Die riesigen Urwaldbäume standen weiter auseinander und er sah immer öfter umgerissene Büsche und Schösslinge. Errollos untersuchte jedes Mal die Zweige und Spuren am Boden. Es waren nicht immer Drachen. Natürlich lebte im Dschungel eine Vielzahl an Wesen – sie hatten ja schon die Bekanntschaft mit dem Riesenmantikor gemacht. Wenn es so große Wesen wie die Drachen gab, war auch entsprechend große Beute zu finden: Dschungelnashörner, Elefanten, Riesenfaultiere... Sie waren zum Glück noch keinem Exemplar dieser Spezies begegnet, aber anhand der Kothaufen, die sie immer wieder auf ihrem Weg fanden, konnten diese Pflanzenfresser nicht fern sein. Und da kamen sie endlich an einen Kothaufen von überdimensionaler Größe. Errollos nahm sich einen Stock und stocherte darin herum.

„Ja, genau das, was wir suchen! Junge Drachen essen nur Fleisch und dementsprechend geruchsintensiver ist ihr Kothaufen. Ältere Drachen, also über 200 Jahre, beginnen damit, ihren Speiseplan mit pflanzlicher Kost zu ergänzen. Wahrscheinlich hilft es ihnen bei ihrer Magie – ich weiß es aber nicht genau. Dieser Kothaufen hier ist ohne Pflanzenreste, reine Fleischverdauung – wie man riechen kann."

Lu musste zustimmen. Der Gestank nahm ihm fast den Atem.

„Das bedeutet für uns, dass hier ein optimaler Ausgangspunkt ist, einem jungen Drachen aufzulauern. Schaut hier

– hier ist er gelandet…" Errollos bewegte sich in westliche Richtung. Lu war dankbar, sich vom Kothaufen zu entfernen und auch Derya nahm ihr Tuch wieder von ihrer Nase, als sie ihnen folgte.

„…und wahrscheinlich werden wir da vorne auf eine Lichtung treffen."

Und tatsächlich war in 50 m Entfernung eine Lichtung, auf der nur kniehohes Gras wuchs. Felsen hatten sich unter das Gras gemischt und machten es den Bäumen unmöglich, an diesem Ort Wurzeln zu schlagen. Überall an den Felsen sah man Abschabungen von Krallen und der Boden war teilweise aufgerissen. Als sie die Lichtung betraten, nahm der Gestank zu und war sogar stärker als vorhin. Auch Lu nahm jetzt ein Tuch vor die Nase, so wie es Derya nach dem ersten Schritt auf die Lichtung getan hatte. Naryx folgte ihrem Beispiel. Nur Errollos und Lados schien der Gestank nichts auszumachen. Auch sie hielten manchmal kurz die Luft an. Dass sie den Abort der Drachen gefunden hatten, stimmte sie einerseits zuversichtlich, aber andererseits suchten sie nur einen Drachen – möglichst jung – und keine Drachengruppe.

„Wir müssen uns hier auf die Lauer legen und hoffen, dass wir einen kleinen Drachen erwischen."

Sie gingen wieder tiefer in den Dschungel zurück, wofür ihnen ihre Nasen dankbar waren. Sie zogen einen großen Kreis um diese Lichtung. Es dauerte mehrere Stunden. Überall waren Spuren von Drachen zu bemerken. Zum Glück kam keiner!

„Drachen gehen meist in der Nacht ihre Notdurft verrichten.", klärte sie Errollos auf. Lu war über das Wissen über Drachen, das sich der Magier angesammelt hatte, beeindruckt. Natürlich war das nicht seine erste Drachenjagd. Von fünf Gelegenheiten hatte er berichtet. Und das Errollos noch lebte, zeugte davon, dass er sehr genau wusste, was zu tun war. Er musste sich sehr viel Wissen im Laufe seiner Abenteuer angeeignet haben.

„Wir dürfen ab jetzt kein Feuer mehr machen und wir müssen sehr wachsam sein." Errollos schien schon angespannt zu sein. Auch Lu, Derya und Lados wurden etwas nervös. Einzig Naryx schien die Ruhe selbst zu sein.

„In Anbetracht der Tatsache, dass wir so nah an der Lichtung sind, werde ich einen Lokalisierungszauber machen. Immer wenn sich uns ein Wesen auf weniger als 100 m nähert, werde ich euch davon berichten.", schlug Naryx vor.

„Ja, mach das! – Es gibt noch ein Problem: Wir brauchen einen Baum, der uns einen Blick auf die Lichtung gewährt, sodass wir die Drachen sehen können – sie uns aber nicht wittern können. Drachen können relativ gut riechen. Nicht so gut wie ein Hund, aber ähnlich einem Pferd allemal. Das heißt, – das ist jetzt deine Aufgabe, Lu, weil dein Körpergeruch am geringsten von uns ist – dass du auf einen geeigneten Baum kletterst und die Lichtung im Auge behältst. Besonders deine elbische Nachtsicht prädestiniert dich für diese Aufgabe. Deshalb wirst du am wenigsten Schlaf von uns haben. Naryx, kannst du ihn ablösen?"

„Ja, kann ich – nur ich müsste hochschweben, da ich nicht so gut klettern kann."

„Verbrauche möglichst wenig deiner Psi-Kräfte – wir werden sie dringend brauchen. Lu, baue oben eine gut getarnte Aussichtsplattform, sodass wir die Lichtung bequem beobachten können! Und wenn ein Drache landet, sage mir sofort Bescheid, damit ich ihn mir von ferne ansehen kann. Gegebenenfalls werde ich einen Nachtsichtzauber sprechen, der mir das auch bei Nacht ermöglicht."

Die Vorbereitungen wurden getroffen. Lu brauchte mehr als zwei Stunden, um eine rudimentäre Aussichtsplattform zu bauen. Er nahm dafür junge Bäume aus der Umgebung, die er vorsichtig fällte und sich bei jedem einzeln entschuldigte. Das lag in seinem Elbenblut. Es tat ihm leid, den Bäumen das Leben zu nehmen, aber anderseits hatte er kein anderes Baumaterial zur Verfügung. Er fand zum

Glück reichlich passende Bäume und so konstruierte er eine Art Floß in den Baumwipfeln mit Lianen und auch seine wohlriechende Rankenpflanze kam zum Einsatz beim Zusammenhalten der Baumstämmchen. Das alles vollführte er behände in 30 m Höhe. Er fühlte sich fast wieder auf das Schiff versetzt, das ihn von dem Felsen aus dem Meer gerettet hatte. Elben haben keine Höhenangst, weshalb er sich sicher in dieser Höhe bewegen konnte. Er hatte es so eingerichtet, dass er alles im Liegen beobachten konnte. Er suchte noch einige große Blätter zusammen, sodass er sogar dort oben schlafen könnte. Dann legte Lados sich auf die Lauer. Sie hatten sich abgesprochen, dass, solange noch Tageslicht war, Lados beginnen sollte und Lu ab der Dämmerung folgte.

* * *

„Unsere Zeit ist gekommen! Die Zeichen an Himmel, Luft, Feuer, Wasser und Erde sind erschienen. Jetzt gilt es zu handeln. Es wird etwas geschehen, was unsere Hoffnungen erfüllen wird."
In einem unterirdischen Saal, irgendwo versteckt in den Katakomben von Magnora herrschte die Stille von vielfach angehaltenem Atem, als der Priester diese Worte verkündete. Es hatten sich die Anhänger der Großen Alten Götter versammelt. Hier, unterirdisch irgendwo verborgen in der Kanalisation. Und es waren nicht die Verlierer der Gesellschaft, sondern eine bunte Mischung. Alle trugen braune Kutten, sodass man einander nicht erkennen konnte. Denn sowohl Adlige als auch Bettler waren hier, um die große gemeinsame Sache zu unterstützen: den Alten Göttern wieder ihre Geltung zu verschaffen.
Der Priester fuhr fort: „Vor wenigen Tagen konnten wir alle das Zeichen am Himmel sehen, den riesigen Schweif. Und mir wurde berichtet, dass eine große Flutwelle die Küsten um Windun herum verwüstet hat. Das waren die Zeichen

von Wasser und Himmel. Und ich habe gehört, dass im südlichen Inselkönigreich der riesige Vulkan Lakaleta ausgebrochen ist – das Zeichen des Feuers. Und das Zeichen der Erde konnten wir vor einer Woche erleben: das Erdbeben im östlichen Königreich, das einen großen Teil von Tianmon zerstört hat… Ja, die Zeit ist gekommen. Macht euch bereit, Brüder und Schwestern! Jetzt gilt es, sich zu rüsten und sich vorzubereiten – denn wir werden alle gefordert. Ich spreche den Segen der Großen Alten Götter über euch – erhebt euch!"

Die verschworene Gemeinde stand auf.

Und der Priester sprach seinen Segen wie einen Fluch…

* * *

Es war vielleicht die zehnte Stunde nach Mittag. Lu war auf der Lauer gelegen, als er einen kleinen Punkt am Himmel sah, der rasch größer wurde. Majestätisch landete ein riesiger Drache auf der Lichtung. Wie Errollos es erzählt hatte, waren die meisten Drachen des Südens von grüner Farbe – so auch dieser. Eine Anpassung an den Dschungel, um besser jagen zu können. Instinktiv verkroch sich Lu tiefer in sein selbst gebautes Baumhaus. Er hoffte, dass er nicht gesehen wurde. Das war kein junger Drache. Er beobachtete ihn noch kurze Zeit. Tatsächlich machte sich der Drache auf den Weg zu den nahegelegenen Bäumen. Lu kletterte schnell den Baum hinab. Zu diesem Zweck hatte er sich mehrere Lianen zusammengeknotet. Um schneller zu sein, nahm er blätter zwischen Liane und Hände und rutschte von Knoten zu Knoten. Er weckte Errollos, der sie beide mit einem Levitationszauber in einem Sekundenbruchteil zur Plattform brachte. Er wirkte noch den Nachtsicht-Zauber, um mit Lu zu schauen. Der Drache kam gerade unter den Bäumen hervor.

„Oh, dieser Drache ist schon alt. Schau, siehst du seinen Schwanz? Diese Schwanzspitze ist sehr stark verknöchert.

Das ist ein charakteristisches Zeichen für einen alten Drachen. Junge Drachen haben noch weiche, biegsame Stellen. Dieser hier hat massive Knochenplatten. Damit kann er fast Stein zertrümmern – Häuser und Schuppen können dem nicht widerstehen. Stehe bloß nicht im Weg, denn wenn du die Schwanzspitze abbekommst, wird sie dir nicht nur sämtliche Rippen brechen..."

Sie mussten also weiter auf einen Drachen warten.

„Behalte diesen im Auge und sage mir, wenn ein weiterer Drache kommt." Errollos kletterte langsam das Seil herunter. Lu war wieder allein. Der Mond war mittlerweile aufgegangen und warf sein fahles Licht auf die Lichtung. Lu beobachtete weiter den Drachen. Plötzlich hob dieser den Kopf und schaute in seine Richtung.

War der Wind ungünstig? Nein! Der Wind kam aus Richtung des Ungetüms. Er musste Lu intuitiv gespürt haben. Lu hielt fast den Atem an und bewegte sich nicht. Der Drache legte den Kopf leicht schräg und lauschte in Richtung der Gefährten. Lus Herzschlag steigerte sich zu einem Trommelwirbel. Nach einer Minute drehte sich der Drache abrupt um, nahm Anlauf und schwang sich in die Lüfte. Er flog in nördlicher Richtung davon. Ihre Aussichtsplattform stand, von der Lichtung aus gesehen, im Südwesten. Lu war erleichtert und atmete tief durch. So ein gewaltiges Wesen! Ihm wurde flau im Magen bei dem Gedanken, einem solchen Ungeheuer gegenüberzutreten. Nachdem er den Seedrachen besiegt hatte, hatte er gedacht, dass Drachen nicht so gefährlich sein können. Aber der Seedrache wirkte im Vergleich zu dem Exemplar, das sich gerade in die Lüfte erhoben hatte, wie eine zu groß geratene Schlange. Von den Proportionen her schätzte Lu den Drachen vom Kopf bis zum Schwanzansatz auf vielleicht 15 m, vielleicht 4 m breit, seine Schulterhöhe sicherlich 5 m – über und über mit Schuppen bedeckt. Die grünen Schuppen waren wie mattes Metall, die das Mondlicht nicht spiegelten. Natürlich nicht – ein Jäger muss getarnt bleiben.

Glänzende Schuppen wären kontraproduktiv. Lu bedankte sich innerlich bei Yaro, dem Alchemisten: Zum Glück hatte er ein extra-scharfes Schwert. Wie sollte er sonst durch diese Schuppen kommen. Der Wind hatte ihm das Knarren und Knarzen der Schuppen herübergetragen, als der Drache sich bewegt hatte. Es hörte sich fast an, als wenn sich Stein auf Stein bewegte. Also musste in die Schuppen diese Flüssigkeit zum Bilden von Versteinerungen eingelagert werden.

Wie hieß sie doch gleich…? – Kieselsäure… Oh, er konnte sich an irgendetwas erinnern… Kieselsäure. Ein seltsamer Name…

Und schon war die Erinnerung wieder verschwunden. Er wusste nicht, was er mit dem Begriff „Kieselsäure" anfangen sollte. Er schaute weiter auf die Lichtung und ab und zu warf er einen Blick an den Himmel. Wie oft kommen wohl die Drachen hierher? Errollos hat erwähnt, dass sie, wenn sie Glück hätten, einen Drachen pro Nacht sehen könnten. Dieser Drache war jetzt gekommen. Vielleicht würde Naryx den Nächsten sehen, vielleicht würde auch gar kein Drache mehr kommen. Das war schwer abzusehen. Lu vertrieb sich die Zeit, indem er über die Drachen nachdachte.

Wenn aus ihren Knochen magische Gegenstände hergestellt werden bzw. sie als Zutat benutzt wurden, was für ein magisches Potenzial musste dann erst ein Drache haben! Errollos hatte angemerkt, dass selbst ein junger Drache ihm vom magischen Können her ebenbürtig war. Deshalb würde er nie allein auf Drachenjagd gehen. Erfolgreiche Ritter, die in den Sagen angeblich einen Drachen allein erschlagen hatten, hielt er für blanken Unfug. Niemals würde sich ein Drache von einem einzigen Kämpfer überraschen lassen. Selbst wenn er mit vielen magischen Gegenständen ausgestattet wäre, hätte er es schwer, einen ausgewachsenen Drachen zu bezwingen. Vielleicht hatte er ein „Küken" umgebracht – einen kleinen Drachen

– aber einen stattlichen, alten Drachen, wie es oft in den Sagen der Fall ist, hielt Errollos für absolut ausgeschlossen – zumindest nicht allein.

Die Nacht verstrich. Es war noch eine Stunde hin, bis er Naryx wecken sollte. Sie hatten sich darauf verabredet, dass er bis zur zweiten Stunde nach Mitternacht Wache halten sollte und die verbliebene Zeit würde dann Naryx übernehmen. Es war kurz nach der ersten Stunde. Diesmal hörte er mehr den Drachen, als dass er ihn sah, denn der Drache kam über ihr Lager geflogen. Lu hoffte inständig, dass er sie nicht bemerkt hatte – und vor allem ihn nicht hier oben in den Baumwipfeln. Er war gut getarnt und als Elb war sein Körpergeruch minimal. Nichtsdestotrotz konnte er nicht einschätzen, wie gut der Geruchssinn der Drachen wirklich war. Schlechter als ein Hund, aber viel besser als andere Wesen war ein breites Spektrum, wenn er Errollos Aussage in Betracht zog. Glücklicherweise hatte der Drache dringendere Bedürfnisse, als auf die Jagd zu gehen oder sie zu bemerken. Er landete auf der Lichtung. Und tatsächlich schien er kleiner zu sein und auch weniger gewandt in den Bewegungen, sofern er das sagen konnte, jetzt, wo er seinen zweiten Drachen sah. Schnell rutschte er die Liane herunter und weckte Errollos erneut. Der wirkte wieder einen Nachtsicht- und Levitationszauber, womit er sie beide zur Plattform brachte.

„Ja, das ist ein Kandidat! Siehst du hinten die noch mit Fleisch durchsetze Schwanzspitze? Siehst du über den Augenbrauen die noch nicht ausgewachsenen Hornplatten? Das ist ein Drache, der vielleicht erst 50 Jahre alt ist. Gegen ihn hätten wir eine Chance. Lieber wäre mir ein zwanzigjähriger Drache – aber 50 ist auch schon gut. Wir hoffen, dass er nicht bei irgendwelchen Meistern seine Magiekenntnisse vertieft hat – bei alten Drachen oder käuflichen Lehrern."

Sie rutschten beide nacheinander schnell die Lianen herab. Lu weckte die anderen Gefährten, während Errollos einen

Unsichtbarkeitszauber über alle legte. Danach, als Lados wach war und sich vorbereitet hatte, erschuf der eine Sphäre der Geräuschlosigkeit, die sich ebenfalls mit ihnen bewegte. Jetzt mussten sie nur noch den Geruch an ihnen unterdrücken. Auch hierzu hatte Errollos eine Lösung. Er drehte an einem seiner Ringe und auch sämtliche Gerüche waren verschwunden. Natürlich hatte Errollos schon mehrere Abenteuer erlebt und war dementsprechend mit magischen Gegenständen ausgestattet. Geruchlos zu sein war ein sehr nützlicher Zauber. Lu machte sich eine geistige Notiz auf der Liste der Dinge, die er von seinem Gewinn bei dieser Unternehmung beim Alchemisten erstehen wollte. Mittlerweile hatte er einen kleinen Überblick darüber, was es an magischen Gegenständen gab. *So konnte man natürlich gut jagen.* Sie gingen im Gänsemarsch Hand an Hand in die vom vorausgehenden Lu bestimmte Richtung. Sie mussten nicht anschleichen, sie waren unsichtbar und geräuschlos. So würde der Drache keine Chance haben. Das Einzige, was sie vermieden, war Gebüsch und Zweige zu bewegen. Natürlich wäre die Bewegung zu sehen gewesen. Da aber der Baum- und Buschbestand in Richtung der Lichtung geringer war, wichen sie potenziell verräterischen Pflanzen aus und beeilten sich, zum Drachen zu kommen. Schließlich waren ihre Zauber auf weniger als 20 Minuten begrenzt. Lu lavierte sie geschickt durch die Vegetation. Da er seine Gefährten wegen des Unsichtbarkeitszaubers nicht sehen konnte, hoffte er, dass sie im problemlos folgen konnten. Er hatte sein Schwert in der Hand und den Schild über den anderen Arm geschnallt, sodass er mit der freien Hand Errollos Hand greifen konnte.

Plötzlich packte ihn jemand am Schwertarm. Es musste Errollos gewesen sein. Weil aber Errollos nicht sprechen konnte wegen des Geräuschloszaubers, drückte er Lu dreimal am rechten Arm. *Ah, er sollte nach rechts gehen.* Was die Gefährten machten, war nicht zu bemerken. Lu ging nach rechts und sah den Drachen vor sich. Der war gerade mit seinem „Geschäft" fertig und auf dem Rückweg zur Lichtung. Er kam von der rechten Seite, während die Gefährten fast vor ihm standen. Eigentlich entgegen der Absprache wartete Lu, weil er nicht wusste, wann es losgehen sollte, mit stoßbereitem Schwert, jederzeit bereit, auf den Drachen zuzurennen.

Und dann passierte es: Lu hörte wieder die Geräusche des Waldes und das leise Murmeln von Errollos. Sofort erschien über dem Drachen eine undurchdringliche Mauer. Er konnte das Ausmaß nicht sehen, aber ihm schien es, als ob der komplette Himmel zu Stein erstarrt wäre – genau einem Meter über dem Kopf des Drachens. Unwillkürlich musste Lu an den geflügelten Ausspruch denken: „…und hoffentlich möge uns der Himmel nicht auf den Kopf fallen!" Heute wäre das besonders unangenehm.

Der überraschte Drache duckte sich instinktiv. Die Mauer musste das Angriffszeichen gewesen sein. Lu stürmte los und zielte mit seinem Schwert in die Bauchgegend des Drachen. Erschrocken bemerkte er, dass er nicht mehr unsichtbar war. Lados musste den Zauberspruch aufgehoben haben, sodass die Gefährten Lu im Kampf sehen konnten und ihn nicht aus Versehen verletzten. Ein Armbrustbolzen schlug über ihm in die Schuppen des Drachen und glitt ab, ohne den Drachen zu verletzen. Lu hoffte, als er schnell sein Schwert wieder herauszog, dass das Drachenbann auf seiner Klinge seine Wirkung tun würde. Er hatte tief getroffen – nicht ganz wie das heiße Messer durch Butter, wie es der Alchemist angepriesen hatte – aber doch so tief, dass er fast die Hälfte des Schwertes in das Fleisch rammen konnte. Der Drache stieß einen wütenden Schmerzensschrei aus. Er riss das Maul auf und ließ einen meterlangen Feuerstoß in Richtung der Gefährten züngeln. Lu ging sofort zwischen Gefährten und Drache, um – wie abgesprochen – zu kämpfen: er vorne und die Zauberer hinter ihm. Dank Lados hatte der Feueratem ihnen nichts anhaben können, da sie für die nächsten 15

Minuten unverwundbar gegen Feuer waren. Lu sah in den Augenwinkeln Naryx weiter hinten konzentriert den Drachen anschauen. Hier war etwas am Werk und der Drache erwiderte seinen Blick, wobei er seinen nutzlosen Feuerstrahl beendete. Und plötzlich ging es ganz schnell: Naryx stöhnte, griff sich an den Kopf und fiel um. Das Luftelemental neben Naryx verschwand ebenfalls in der nächsten Sekunde. Ein erstaunter Ausruf kam von Lados, der danebenstand. Derya eilte sofort zu dem am Boden Liegenden, wobei sie die Armbrust sinken ließ. *Der Drache musste über außerordentliche Psi-Fähigkeiten verfügen. So war das nicht geplant gewesen.* Scheinbar konnten auch sehr junge Drachen starke Psioniker sein. Lu wurde es mulmig. Psi schien eine stärkere Waffe zu sein, als er es gedacht hatte. Das alles war in nicht einmal fünf Sekunden vonstattengegangen. Lu hieb erneut auf den Drachen ein und landete einen weiteren Treffer. Jetzt wandte sich der Drache ihm zu. Mit dem Maul schnappte er nach Lu, nachdem er bemerkt hatte, dass Feuer ihnen nichts anhaben konnte. Lu wich geschickt aus und versuchte, den Drachen auf der Unterseite des Kopfes zu verletzen. Auch der Drache wich behände aus. Lu hörte Errollos einen weiteren Zauberspruch sprechen. Eine purpurne Wolke erschien am hinteren Teil des Drachenkörpers. Doch sie schien nichts zu bewirken. Sie verschwand auch kurz danach wieder. Hier musste ein Zauberspruch nicht gewirkt haben. Lu wich weiter den Attacken des Drachen aus und versuchte gleichzeitig, alle Aufmerksamkeit auf sich zu lenken. Und er bemerkte, dass das Ungetüm etwas langsamer wurde. Vielleicht schien das Drachenbann doch zu wirken. Bei einem Ausweichmanöver sah er, wie Derya über Naryx kniete und den Kopf schüttelte – so, als ob sie nichts tun könne. Naryx musste tot sein…
Ein Kugelblitz traf den Drachen wieder am hinteren Teil, sodass Lu nicht gefährdet war. Das musste Lados gewesen

sein mit seiner Elementarmagie. Der Drache jaulte auf und schlug noch wütender nach Lu. So sah es zumindest aus. Aber: Der Drache hatte ein Täuschungsmanöver vollzogen und sprang nach vorne an Lu vorbei. Er erwischte Lados unvorbereitet. Da der Magier gerade einen Zauberspruch gewirkt hatte, musste er eine kurze Zeit warten, um den nächsten beginnen zu können. Das machte ihn angreifbar. Scheinbar wusste das der Drache.

Plötzlich bemerkte Lu eine Berührung in seinem Geist. Es war wie ein Speer, der sich in seinen Geist zu bohren schien und dabei seine Glieder zu paralysieren versuchte. Das mussten die Psi-Kräfte des Drachen sein. Irgendwie gelang es ihm, diesen Angriff abzuwehren. Während dieses kurzen Moments war er fast bewegungslos gewesen und der Drache konnte sein grausiges Werk beginnen. Er schlug auf Lados ein, der ihm nicht ausweichen konnte. Es war ein schreckliches Geräusch. Die Knochen barsten und Blut spritzte nach allen Seiten. Lu schluckte.

Errollos rief unbeherrscht: „Nein…!" und sandte einen weiteren Zauberspruch gegen den Drachen. Auch dieser schien nichts zu bewirken, egal was es gewesen war. Lu schlug weiter zu. Er traf den hinteren Teil des Drachens, da der mit dem Sprung zu Lados diesen Bereich zugewandt hatte. *Es musste doch eine verwundbare Stelle geben.* Lu merkte, dass er dem Drachen Schmerzen zufügte, aber scheinbar ließ ihn der Drache als weniger wichtige Gefahr links liegen. Er wollte sich erst den Magiern widmen. Lu hörte das Sirren der Armbrustsehne. Ein weiterer Bolzen Deryas musste den Drachen getroffen haben.

Wann wirkte dieses Drachenbann? Das Kämpfen mit Gift war wirklich ineffektiv. Lu ärgerte sich. *Gibt es da nichts Besseres?*

Und dann traf es ihn: so schnell er auch war – diese Schwanzbewegung kam so unvorbereitet und auch von hinter seinem Rücken, dass er sie nur aus den Augenwinkeln wahrnahm, sich noch versuchte zu ducken, aber trotzdem an den unteren Lendenwirbeln getroffen wurde. Es nahm ihm alle Luft und ein rasender Schmerz durchdrang ihn. Hoffentlich war nichts gebrochen! Er schaute verzweifelt Richtung Derya. Sie schrie auf, als sie den Treffer bemerkte. Kurze Zeit später merkte er ein angenehmes Kribbeln in derselben Gegend seines Körpers und der Schmerz ließ nach. Derya musste eine Fernheilung bewirkt haben.

Was sollte er als Nächstes tun…?

* * *

König Firat III ärgerte sich. Eigentlich wollte er lieber bei seiner Lieblingsgespielin Serab sein – die gegenwärtige Favoritin seines Harems. Aber die Politik zwang ihn dazu, hier im Thronsaal zu sitzen, umgeben von Leibwächtern und Beratern, um den Gesandten des Westlichen Königreiches zu empfangen. Kahlad war ein schlaksiger Mann, ganz in Seide gekleidet, in den mittleren Jahren – vielleicht 45 Jahre alt. Er hatte seinen Bart spitz dreiecksförmig wachsen lassen, wie es im Westreich gerade Mode war. Seine schwarzen, buschigen Augenbrauen kontrastierten stark mit seiner bleichen, weißen Haut.

„Wie können diese bleichgesichtigen Menschen auch hier im Südreich noch hell bleiben, obwohl bei uns die Sonne so intensiv ist?", dachte der dickliche Herrscher bei sich. Die Sache war ernst. Sein Berater, ein schlanker Elb, ergriff das Wort: „Gesandter Kahlad, Ihr wurdet eingeladen, um die Protestnote Ihrer Majestät entgegenzunehmen. Uns wurde aus sicherer Quelle kundgetan, dass, obwohl versteckt in den Werften des Westens, das Westliche Königreich 20 Fregatten, 10 große Kriegsschiffe und mehrere weitere kleine Versorgungsschiffe baut. Das ist ein Bruch des Abkommens von Magnora, wo wir vor 53 Jahren den Friedensvertrag zur Beendigung des 40-jährigen Krieges geschlossen haben."

Kahlad blieb ruhig, hörte dem Ganzen zu, bis der Berater geendet hatte und erwiderte: „Wenn Sie mir erlauben zu sprechen, Eure Majestät." Er schaute zum König und richtete dann die Worte an den Elben. „Der ehrwürdige König Galad IV hat diesen Auftrag erteilt, um gegen die wachsende Bedrohung der Wolfer gerüstet zu sein. Wie Ihr wisst, werden unsere südlichen Küsten immer wieder von den Wolfern überfallen und geplündert. Sie kommen mit ihren Drachenbooten, fahren sogar Flüsse hinauf und brandschatzen unsere Städte und Dörfer. Wir müssen uns endlich wirksam verteidigen können."

König Firat III hörte sich die Aussagen des Gesandten an. Dann ergriff er selbst das Wort:

„Natürlich hat das Westliche Königreich das Recht, sich gegen die Wolferübergriffe zu verteidigen. Aber, wie im Friedensvertrag schon vereinbart, müssen wir, das Südliche Inselkönigreich, darüber informiert werden. Denn diese neue Flotte stellt auch eine Bedrohung unseres Reiches dar. Und bedenkt: Es gibt immer noch in den Reihen des Westlichen Königreiches Unmut über die Silberinseln, ja ihre Zugehörigkeit zum Südlichen Inselkönigreich sei „umstritten". Diese Inseln wurden übrigens noch nicht überfallen. Wäre es nicht ein logisches und lohnendes Ziel für die Wolfer, unsere reichen Silbervorkommen zu plündern – anstatt Dörfern und Städten im Landesinneren mit ungewisser Beute?"

Der Gesandte antwortete langsam: „Eure Majestät, warum die Wolfer die Silberminen nicht angreifen, wissen wir nicht. Sicherlich habt Ihr auch durch Eure starken Garnisonen dort, eine abschreckende Streitmacht immer vor Ort, sodass es für die Wolfer zu riskant wäre, die Inseln anzugreifen. Mit den neuen Schiffen wollen wir den vorderen Küstenbereich und die Mündungen der großen Flüsse durch vermehrte Patrouillen schützen. Es tut mir leid, dass Sie es auf diesem Weg erfahren haben – wie auch immer Ihr es in Erfahrung bringen konntet... Ich werde umgehend mit meiner Majestät Galad IV Rücksprache halten und Eure Bedenken zur Sprache bringen. Kann das Westliche Königreich etwas tun, um unser gutes Verhältnis aufrechtzuerhalten?"

Mit einem Kopfnicken wies der König seinen elbischen Berater an, dem Gesandten zu antworten...

* * *

Naryx und Lados waren tot. Der Kampf verlief überhaupt nicht wie geplant. Im Gegenteil: Alles schien schief zu laufen. Errollos, Lu und Derya standen jetzt allein gegen den Drachen. Und sie hatten bald die 10 Minuten erreicht, die die Unverwundbarkeit gegen das Feuer anhielt. Der Drache war viel stärker, als sie es sich alle gedacht hatten. Lu war einerseits beeindruckt und andererseits erfüllt von Furcht. Einzig der nackte Kampf ums Überleben ließ ihn nicht erstarren. Errollos hatte jetzt seinen Morgenstern in der Hand. Scheinbar hatte er sein Kontingent an Zaubersprüchen heute verbraucht. Die Bolzen von Derya schienen auch nicht tief genug durch die Schuppen zu dringen. Bei einem ausgewachsenen Drachen bräuchten sie dreimal die Wirkung des Drachenbanns, so hatte es ihnen der Alchemist gesagt, damit es ihm wesentlich schadete. Einen Treffer hatte Lu dem Drachen zugefügt und damit war das Gift von seinem Schwert genommen. Er könnte natürlich versuchen, das Schwert noch einmal mit Drachenbann zu versehen. Aber wer würde sich in der Zwischenzeit um den Drachen kümmern. Das schien ihm unmöglich. Die Chance bestand natürlich darin, dass Errollos mit seinem vergifteten Morgenstern erfolgreich war und einer von Deryas Bolzen eine weiche Stelle traf. Darauf beruhte seine ganze Hoffnung.

Der Drache brüllte erneut und badete sie ihn seinem Feueratem. Die Anti-Feuer-Wirkung hielt noch an. Trotzdem erschwerte das Feuer die Sicht und einen Augenblick war

Lu unorientiert, wo der Drache genau war. Der Drache war schlau. Er stand plötzlich direkt neben Errollos. Auch Errollos war die Sicht behindert gewesen. Überrascht schrie er auf, als ein Prankenschlag auf ihn zukam. Er konnte gerade noch ausweichen. Danach attackierte der Drache mit seiner Schwanzspitze – und die traf. Jeder der Gefährten hatte mit den Schwanzhieben Probleme. Irgendwie war das in ihrem Kampfkalkül vergessen worden. Errollos wurden die Beine weggefegt. Ein unangenehmes Geräusch ließ darauf schließen, dass eines gebrochen worden war – wenn nicht sogar beide. Lu stürmte Errollos zu Hilfe, um den Drachen abzulenken. Derya wirkte einen Fernheilungszauber auf den Verwundeten, aber er lag erst einmal und der Drachen wollte nicht so schnell von seinem Opfer lassen. Er schlug mit seinen Klauen nach dem Magier, der aber behände ausweichen konnte. Jedoch der nächste Schlag würde sicherlich sitzen. Lu war noch nicht nah genug, um die nächste Attacke abzufangen.

Wann, wenn nicht jetzt, konnte er den Teleportzauber anwenden, um Errollos zu retten?

Er drückte auf den Knauf und stand plötzlich direkt zwischen Drachen und Errollos. Eigentlich hatte Lu sich das anders vorgestellt gehabt: Er wollte den Zauber einsetzen, um irgendwann hinter dem Drachen zu sein, um einen entscheidenden Schlag anbringen zu können. Nichtsdestotrotz stand er vor dem Drachen und anstatt zuzuschlagen – der Drache schien überrascht zu sein und hätte fast im Schlag innegehalten – riss Lu Errollos von der vermeintlichen Stelle weg, wohin die Pranke unterwegs war. Das kurze Zögern hatte gereicht, um den Magier aus der Schusslinie der fürchterlichen Krallen des Drachen zu zerren. Der Waldboden wurde aufgerissen und Erde spritzte nach allen Seiten, wo die Pranke landete. Lu ergriff den Morgenstern von Errollos und gab ihm dafür sein Schwert. Endlich wandte sich der Drache ihm zu. Wieder spürte er eine Attacke auf seinen Geist. Die Art des Angriffs war wie zuvor und es fiel ihm noch leichter, ihn abzuwehren. So allmählich wurde er geübt darin. Der Drache schien überrascht zu sein, dass auch diesmal seine Psi-Kräfte nichts bei Lu bewirkten. Lu nutzte das und schlug mit dem Morgenstern Richtung Unterseite der Pranke, die gerade den Boden aufgewühlt hatte. Es war ja nur wichtig, einen Treffer zu landen, damit das Drachenbann wirken konnte. Und er traf. Die Innenseite der Pranken war nicht mit Schuppen besetzt und Lu konnte den Drachen verwunden. Der Drache brüllte vor Schmerz. *Das musste der wichtige zweite Treffer mit dem Drachenbann gewesen sein! Derya, du musst jetzt unbedingt mit deinen vergifteten Bolzen den Drachen treffen!*

Und tatsächlich flog ein weiterer Bolzen in Richtung des Drachen. Wieder glitt der Bolzen wirkungslos von den Schuppen ab. Das war doch zum Mäusemelken! Mindestens einen Treffer mit Gift brauchten sie. Der Morgenstern hatte seine Schuldigkeit getan. Es hing jetzt alles von Derya ab. Sie musste eine Stelle treffen, wo ihre Bolzen in das Fleisch drangen. Derya benutzte ihr Armband für eine Fernheilung bei Errollos. Der Magier rappelte sich auf und nahm Lus Schwert. Der Drache hatte seine ganze Aufmerksamkeit wieder Lu zugewandt – zumindest schien es so im ersten Augenblick. Die unverletzte Pranke sauste auf Lu zu, aber der achtete sowohl auf die Pranke als auch auf den gefährlichen Schwanz des Ungetüms und konnte mit Mühe ausweichen.

Mist, sie hatten schon über zehn Minuten gebraucht! Sicherlich war jetzt der Zauberspruch der Unverwundbarkeit gegen Feuer abgelaufen. Er fühlte sich ungeschützt. Aber der Angriff des Drachen war nur ein Täuschungsmanöver. Im letzten Moment wandte der Drachen seinen Kopf ab, schaute mit starrem Blick auf Errollos. Der fasste sich plötzlich an den Kopf, schrie und sank zu Boden. Lu war einen Moment wie versteinert.

„Das gibt es doch nicht. Der Drache muss über enorme Psi-Fähigkeiten verfügen!", dachte Lu. Derya schrie auf, als auch Errollos umgefallen war. Jetzt waren sie nur noch zu zweit. Die Mauer über dem Drachen verschwand. Der Drache brüllte triumphierend. Jetzt wandte er sich wieder Lu zu. Er nutzte den kurzen Augenblick und tauschte den Morgenstern mit seinem vertrautem Schwert. Obwohl er mit dem Morgenstern einen Treffer gelandet hatte, war diese Waffe für ihn unpraktisch. Er musste zu nah herankommen, er musste Schwungbewegungen machen, die ihm nicht gefielen. Er war es einfach nicht gewohnt, mit einem Morgenstern zu kämpfen. Dabei hieß es doch: Wer den Morgenstern abkriegt, sieht den Abendstern nicht wieder – das galt leider nur für Humanoide.

„Derya…", plötzlich hatte er eine Idee, „Derya, schieß dem Drachen ins Maul!"

Auch der Drache schien das gehört zu haben und sein bisher im Kampf halb geöffnetes Maul klappte zusammen. *Man darf nicht davon ausgehen, dass ein Drache ein Tier ist! Dieses Wesen ist hochintelligent.*

Aber wie hätte er es Derya sonst sagen sollen. Das war die einzige Möglichkeit. Sie musste unbedingt einen dritten Treffer setzen. Und irgendwie schien der Drache ihre Taktik zu bemerken oder zu durchschauen. Vielleicht hatten sich auch die beiden ersten Treffer mit Drachenbann ausgewirkt auf seine Motorik. Er war langsamer geworden. Der Punkt war, dass alle einen Kampf mit einem Drachen nicht gewohnt waren, sonst wären sie nicht Opfer des Schwanzes geworden. Lu hatte daraus gelernt. Er hielt besonders den Schwanz im Auge. Derya wich weiter zurück. Und dann kam etwas ganz Unerwartetes: Es war nicht gänzlich undenkbar, aber doch irgendwie überraschend. Lu hätte nicht gedacht, dass der Drache, nachdem er schon zweimal vergeblich Feuer ausgestoßen hatte, nun noch einmal einen Feuerstoß losließ. Derya wurde in Flammen gebadet. Sie war gerade dabei gewesen, einen weiteren Bolzen aufzulegen. Sie hatte keinen Schutz mehr gegen das Feuer. Lu hörte kurz ihren grausigen Todesschrei, der ihm bis tief ins innerste Mark ging. Er konnte nicht hinschauen. Es war auch zu gefährlich, sich weiter umzudrehen. Da er etwas seitlich gestanden hatte, konnte er noch sehen, wohin der Feuerstrahl gerichtet war. Nämlich an ihm vorbei. Er nutzte diesen kurzen Moment des Feueratems, um dem Drachen sein Schwert hineinzustoßen. Obwohl er tief in das vordere linke Bein eingedrungen war und der Drache vor Schmerz seinen Feueratem abbrach, schien die Wunde nur ein weiterer Kratzer zu sein. Lu war allein. Allein gegen den Drachen. Kein vorbereitetes Drachenbann mehr – natürlich war Deryas Armbrust im Feuer verglüht – und jetzt war es das Duell Elb gegen Drache. Ausgerechnet noch Kämpfer gegen Drache. Nicht wie in den Sagen war es jetzt der kraftvolle Ritter mit einer wunderbaren magischen Waffe, mit der ein Stich reichte, den Drachen zu töten. Lu hatte schon mehrfach getroffen und der Drache war nur angestachelt, nicht wirklich verletzt.

Ja, was sollte er jetzt tun? Er hatte auch nicht die Zeit, eine neue Schicht Drachenbann auf sein Schwert aufzutragen. Eigentlich konnte Lu mit seinem Leben abschließen. Wenn er nicht irgendeinen Zufallstreffer landete, war alles vorbei. Er hätte zu gern gewusst, wer er wirklich war, warum er hier war, der Sinn des Ganzen... Auf der Ebene der Seelen und Geister würde er es bald erfahren. Lu wollte nur noch seine letzten Momente ausdehnen. Mit dem Leben hatte er abgeschlossen. Jetzt hätte er den Teleportzauber brauchen können! Jetzt, um irgendeinen Treffer irgendwo, vielleicht, um auch ein Stück weiter weg zu sein, um das Drachenbann aufzutragen und dann zuzustechen. Er könnte sich Ohrfeigen für seinen voreiligen Gebrauch des Zaubers. Er hatte versucht, den Gefährten zu retten...

Er schaffte es, den nächsten Attacken des Drachen auszuweichen. Aber dann: Es war klar, dass es irgendwann passieren würde. Der Drache nutzte wieder seinen Feueratem. Und diesmal schaffte es Lu nicht, rechtzeitig auszuweichen. Seine linke Körperhälfte wurde von dem Feuerstrahl getroffen. Wahnsinnige Schmerzen kamen von seinen Beinen und Armen. Jetzt war es aus und vorbei. Sein linkes Bein knickte ein und er stöhnte vor Schmerz.

Nein, so sollte es nicht enden!

Irgendetwas in seinem Inneren regte sich. Das war das Ende? Von Feuer verbrannt, den schlimmsten Tod vor Augen, den man sich vielleicht vorstellen konnte. Wieder regte sich etwas in seinem Inneren – schien zu erwachen.

All seinen Zorn, all seinen Hass, all seine Rachegefühle ausgelöst durch den Tod seiner Gefährten legte er auf einmal in einen Blick, den er dem Drachen entgegenschmetterte. Und der Drache seinerseits fixierte ihn mit seinen Augen, in denen eine Spur Überraschung zu erkennen war. Lus Augen fixierten den Drachen.

Und etwas *Seltsames* geschah. In seinem Geist formte sich eine riesige, imaginäre Lanze aus Eis, von blauer Klarheit durchdrungen, die er in den Geist des Drachen stieß. Voll Bosheit über seine Augen in die Augen des Drachen, nur imaginär, doch gleichzeitig so real wie ein Speer direkt von seinem Arm geworfen direkt in den Geist des Drachen. Auf einmal spürte er die riesige Präsenz des Drachen. Es war eine geballte Ladung von Wissen und Macht. Und Lu bemerkte plötzlich Furcht im Drachen. Trotz seiner Schmerzen hielt Lu die Lanze aufrecht und stach wild dahin, wo er das innerste Innere des Drachen vermutete. Zu seiner und des Drachen Überraschung fiel der Drache auf die Seite. Lu merkte, wie sich der Geist des Drachen auflöste, sich Gedanken ausliefen und eine umfassende Leere sich ausbreitete. Schnell zog er seinen Geist zurück.

Er konnte es nicht fassen: *Der Drache war tot*. Nicht durch Drachenbann, nicht durch sein Schwert, nicht durch Magie, sondern durch irgendetwas, was aus seinem Inneren gekommen war. Hatte er gerade Psi-Kräfte benutzt? Aber er konnte sich an nichts erinnern. Wenn er Naryx richtig verstanden hatte, war Psi – ähnlich der Spruchmagie – immer auf eine Art von Zauberspruch gerichtet. Auf etwas, was man machen wollte oder was man gelernt hatte – nur eben mit dem Geist. Es waren „geronnene Gedanken". *Hatte er es geschafft, eine Einheit von Geist und Verstand herzustellen und diese imaginäre Eislanze auszusenden?* Er wusste es nicht. Seine Schmerzen ließen ihn diese Gedankengänge abbrechen. In seinem Rucksack suchte er nach einem Heiltrank. Wenn er länger hier bleiben würde, würde er wahrscheinlich durch die Verbrennungen ohnmächtig werden und sterben. Er schaffte es, an einen Heiltrank zu kommen, der ganz nach unten gerutscht war. Er trank. Das Gebräu schmeckte wirklich schrecklich, bitter, mit einem faden Nachgeschmack – aber er konnte sich keinen köstlicheren Trank vorstellen, als die Schmerzen der Verbrennungen nachließen. Das war das Interessante an den Heiltränken: Sie waren vor allem dafür da, den Schmerz zu entfernen und einen Teil des Körpers zu heilen. Viel konnten sie nicht heilen. Im Vergleich dazu hatte ihn Derya viel stärker geheilt – aber immerhin waren die Schmerzen einem leichten Pochen gewichen. Die groben, oberflächlichen Verletzungen konnte er mit dem Heiltrank heilen. Die Verbrennungen waren aber immer noch vorhanden. Seine linke Seite pochte.

Misstrauisch untersuchte er den Drachen. Um ganz sicher zu gehen, nahm Lu sein Schwert und begann, dem Drachen den Kopf abzuschlagen. Als ihn eine größere Blutfontäne traf, zuckte er schmerzerfüllt zurück. Es war sehr unangenehm, wenn das Blut seine Haut berührte – fast wie eine Säure. Vorsichtig wich er ab jetzt den Blutstrahlen aus und schnitt mehr, als dass er hackte. Beim Seedrachen war das Blut nicht so angriffslustig gewesen. Als er den ersten Teil des grausigen Werkes nach einiger Zeit vollbracht hatte, wandte er sich seinen Gefährten zu. Er ging zuerst zu Derya bzw. zu dem, was von ihr übrig war. Es war ein grausiger Anblick. Er wollte ihn sich besser nicht einprägen und wandte seinen Blick schnell ab. Er ließ alles, wie es war. Das meiste war sowieso verbrannt oder geschmolzen. Dann ging er zu Lados. Auch er sah schrecklich aus. Die Gedärme verteilt…nein, Lu wollte nicht weiter denken, sondern schaltete um auf Handeln. Er nahm Lados die Kette ab – er würde sie nicht mehr brauchen – und auch den von Blut besudelten Rucksack. Weitere Ketten, Ringe oder Gegenstände fand er nicht an seinem Körper. Es war ihm unangenehm, im Blut von Lados zu suchen, aber er war jetzt allein und jede zufällige Begegnung mit einem Wesen konnte seine Letzte sein – er brauchte jede Hilfe, die er kriegen konnte. Es war wichtig, so gut wie möglich ausgestattet zu sein. Dann ging er zu Errollos. Er nahm ihm den magischen Rucksack ab und warf zunächst den Rucksack von Lados, den normalen von Errollos ungeöffnet hinein, nebst seinem eigenen. Dann ging er zu Naryx. Dessen Bernstein nahm er zu sich und auch seinen Rucksack. Naryx sah – bis auf das leicht verzerrte Gesicht – friedlich aus. Er war der am wenigsten verwundete von allen. Einfach mental ausradiert! Sein Name gelöscht aus dem Buch des Lebens. Es tat ihm leid. Naryx hatte sich nach seinem Tod zurückverwandelt in seine Ursprungsgestalt. Lu schaute ihn interessiert-fasziniert an. Dieser übergroße Kopf, diese dünnen Gliedmaßen, überhaupt dieser dünne, auf 3 m lang gestreckte Körper. So sahen die Gestaltwandler also in ihrer natürlichen Form aus. Von Errollos nahm er den Ring und steckte ihn sich an den Finger. Die Kette von Lados befand sich schon an seinem Hals. Alles, was ihm von den Gefährten wertvoll erschien, nahm er mit.

Jetzt wand er sich wieder dem Drachen zu. Er setzte sein grausiges Werk fort. Keine Zeit wollte er verlieren. Wer wusste schon, wann ein weiterer Drache käme. Beim Ausweiden war das Schwert Gold wert. Er konnte einfach durch die Schuppen des Drachen schneiden und nacheinander die Knochen freilegen. Der Ekel vor dieser Art seiner Tätigkeit versetzte ihn in eine Trance der Automatismen, über die er gar nicht nachdenken wollte. Er war sich sicher, dass er auch in seinem Vorleben kein Metzger gewesen war, denn ihm wurde zwischendrin immer wieder übel, wenn er zum Beispiel die Innereien entfernen musste. Besonders mit nahm ihm ein Fund bei den Weichteilen Richtung Schwanzansatz. Ein großes, grünes Ei von fast einem Meter Durchmesser an der elliptischen Seite rief eine Traurigkeit in ihm hervor, die noch zwei Tage andauerte. Er hatte nicht nur einen, sondern zwei Drachen getötet. Das Ei wog fast 40 kg. Er verstaute es nach einigem hin- und herüberlegen im magischen Rucksack. Es sollte ihn daran erinnern, nie mehr auf Drachenjagd zu gehen. Als er fortfuhr und das Drachenherz freilegte, staunte er. Es war riesig.

Ob Drachenherzen ähnlich wertvoll waren wie die Knochen? Er wusste es nicht. Nach vier Stunden pausenlosen Arbeiten hatte er den größten Teil der Knochen eingepackt. Den Kopf nahm er komplett mit.

Als er endlich fertig war, verlor er keine Zeit. Es war immer noch Nacht, obwohl der Morgen nicht mehr fern war. Von den Gefährten wusste er sehr wenig. Einzig von Errollos war ihm bekannt, dass er einen Bruder hatte. Einer Eingebung folgend schob er auch dessen Leichnam in den Rucksack. Und weil er schon dabei war, auch den von Naryx – vielleicht waren Knochen von Gestaltwandlern auch etwas wert.

Ein seltsames Gefühl, zwei Tote auf dem Rücken zu tragen…

Er beeilte sich, zum verabredeten Anlegeplatz des Schiffes zu kommen. Jetzt wäre es gut gewesen, einen Unsichtbarkeitszauber zu beherrschen, um sich ausruhen zu können. Er wusste nicht, wie gut die Drachen im Fährtenlesen waren, sobald sie entdeckten, dass einer der ihren getötet und ausgeschlachtet worden war. Lu versuchte so wenig wie möglich Spuren zu hinterlassen, ging sogar im Zickzack durch den Dschungel, nur um seine Spuren zu verwischen und sein Ziel unklar werden zu lassen. *Ärgerlich, dass er keine Magie beherrschte.* Schließlich kam er auf eine gute Idee. Als die Bäume nach der Lichtung dichter wurden, kletterte er auf den nächsten und bewegte sich von da an von Baum zu Baum. Seine elbische Gewandtheit half ihm dabei, seine Spur zu verwischen. Erst folgte er dann einer anderen Richtung, nämlich nach Westen, um dann wieder nach Norden abzubiegen. Damit hoffte er, sein Ziel und seine Spur endgültig zu verwischen. Schließlich kam er am verabredeten Platz in der Bucht an, an der sie zu fünft an Land gegangen waren.

* * *

Aldonas erinnerte sich an eine Lektion seines Meisters. Sie waren im Beschwörungsraum gewesen. Ein Kreis zur Feenbeschwörung war auf dem Boden aufgemalt. Gleich dahinter war ein Schutzkreis gegen Feen und Feenmagie, indem sich Meister Kotoran und Aldonas befanden. Die unterjochten Beschützer seines Meisters waren ebenfalls anwesend – das Luftelemental und der Dämon. Und dann hatte er Folgendes erklärt:
„Aldonas, wenn du eine Fee – oder manche sagen auch „Elfe" – für unsere Zwecke hier beschwören willst, dann sei auf der Hut. Feen sind mächtige Magier. Man kann es ihnen nicht ansehen, aber selbst höherstufige Magier haben Probleme, wenn sie sich mit einer Fee messen müssen. Was wir heute brauchen sind Feen mit Flügeln", fuhr Kotoran fort, „deshalb habe ich hier das Symbol für Flügel dazugezeichnet. Das heißt, dass wir jetzt – besser gesagt du – fünf bis sechs Feen nacheinander herbeibeschwören, sie töten und ihnen die Flügel abschneiden. Wir überlassen

nichts dem Zufall. Hier, auf dem Fleck, wo sie erscheinen wird, ist ein sehr potentes Kontaktgift und nebenan eine Schale, die ein Gas verströmt, das ebenfalls hochgiftig ist. Wir sind weit genug weg, sodass wir davon nichts abbekommen. Also, ich zeige dir es einmal, dann machst du es die weiteren Male."

Der Meister nahm seinen Opferdolch und tötete eines der Lämmer, die von seinem Dämon bewacht wurden. Dann sprach er die Beschwörungsformel und trat zurück zu Aldonas in den Schutzkreis gegen das Feenvolk. Augenblicklich erschien eine wunderschöne Fee mit Schmetterlingsflügeln in Purpur, Weiß und Grün. Vielleicht war sie 15 cm groß. Sie sprang von einem Bein auf das andere, wollte losfliegen, hustete und sank erstickt zu Boden. Aldonas war beeindruckt. *So einfach ging das*.

„Das sah jetzt einfach aus, aber es hätte auch passieren können, dass die Fee reaktionsschnell ist, die Luft anhält, dem Gift widersteht und davonfliegt. Wir können uns auf die Wirkung des Giftes nicht verlassen. Wie du siehst, Aldonas, habe ich sowohl einen Dämonen, als auch ein Luftelemental um uns versammelt. Der Dämon fungiert als Ablenkung. Feen und Dämonen sind antagonistische Feinde. Die Feen repräsentieren die Natur unserer Welt und sie verteidigen sie. Dämonen und Teufel sind dafür berüchtigt, dass sie der Natur schaden, Bäume und Pflanzen mutwillig zerstören, andere Wesen quälen – quasi in der Natur Amok laufen und eine Schneise der Zerstörung hinterlassen – nach Ansicht der Feen. Oft treten ihnen dann Feen entgegen, um sie aus dem Wald, der Natur oder Sonstigem zu vertreiben. Das Luftelemental ist der wirkliche Gegner der beschworenen Fee. Es ist unsichtbar und kann sich aber auch als kleine Windhose sichtbar machen. Es kann schneller fliegen als die Feen. Sie kann also nie dem Luftelemental entkommen. Dazu kommt, dass es die Fee am Fliegen hindern kann, weil es der Fee die sie umgebende Luft entziehen kann. Somit wirken die Flügelschläge nicht und vor allem ist das Luftelemental mindestens genauso stark, was die magischen Kräfte betrifft. Also, das sind die Vorsichtsmaßnahmen, die ich dir empfehle, mein Schüler. Jetzt bist du dran!"

Etwas unsicher ging Aldonas in den Beschwörungskreis. Ihm taten die schönen Wesen leid. Die farbenfrohen Flügel und das hübsche Aussehen erfreuten automatisch das Herz jeden Wesens, das einer Fee begegnete. Aber daran durfte er jetzt nicht denken. Er war Beschwörer. Jedes Wesen war nur ein Gebrauchsgegenstand für höhere Ziele. Und Teleportation war ein Grundstein des Einkommens vieler Beschwörer, denn es gibt kein sichereres Reisen als von einem Teleportationskreis zum anderen. Und dafür brauchte man die Feenflügel.

Er wischte den vorherigen Kreis im Sand aus und fing an, einen neuen zu zeichnen. Dann zog er seine metallenen Handschuhe an, griff in den Käfig mit den Ratten und tötete sie, während er die magischen Beschwörungsworte murmelte. Er beschwor ein Lamm, unterwarf es, zeichnete den Kreis zur Beschwörung der Feen und opferte das Lamm.

Der Sand musste heute sicherlich ausgetauscht werden, ging es ihm durch den Kopf. Soviel Blut würde heute wieder hier fließen. Früher hatte er es verabscheut, dauernd Blut vergießen zu müssen, mittlerweile war es Teil seines Alltags geworden. Aldonas war kein geborener Metzger, aber es gab ihm das berauschende Gefühl, Herr über Leben und Tod zu sein, wenn er ein Tier oder Wesen opferte. *Ihr seid nur Gebrauchsgegenstände! Euer Leben ist zu meiner Verfügung und unter meinem Willen!*

Ein gewisser Stumpfsinn hatte sich nach einiger Zeit Aldonas bemächtigt, sodass ihm das Opfern fast Spaß machte. Kaum war das erste Blut des Lamms geflossen und die letzte Silbe der Beschwörung über seine Lippen gekommen, erschien eine Fee mit wundervollen Schmetterlingsflügeln. Ein Rot- und ein Gelbton der Flügel brachten Lebendigkeit und Farbe in den dunklen, düsteren Beschwörungsraum. Die Fee materialisierte sich auf dem Blatt mit dem Kontaktgift, atmete den giftigen Hauch aus der Schale ein, hustete jämmerlich und viel tot um. Aldonas tat es fast leid. Und es war so einfach gewesen, dieses Leben auszulöschen. Er ging vorsichtig hin, hielt dabei die Luft an und griff mit seiner mit Handschuhen bekleideten Hand nach der Fee. Er wusste nicht, ob die Menge des Giftes auf die kleinen Feenkörper abgestellt war. Sicherheitshalber atmete er in der Nähe der Schale nicht. Er nahm den zartgliedrigen Feenkörper in die Hand. Es war ein weibliches Exemplar gewesen. Männliche Feen werden ungefähr 15 cm groß, weibliche sind meist etwas kleiner – wobei man hier von Kopf bis Fuß maß. Die Flügel ragten oben noch etwa 5 cm höher. Diese trennte Aldonas jetzt vorsichtig mit seinem Opferdolch ab, nachdem er von der Schale weggetreten war. Jetzt hatten sie schon ein zweites Paar Flügel. Er warf den übrig gebliebenen Feenkörper seinem Dämon zum Fraß vor. Es sah kaltblütiger aus, als er sich innerlich fühlte. Er wollte vor seinem Meister keine Emotionen zeigen. Auch bei der dritten und vierten Fee – beides männliche Exemplare – lief alles glatt. Und dann kam die Fünfte. Die Vorbereitungen und Durchführung war wie vorher, Aldonas war fast nachlässig in den Schutzkreis zurückgetreten, als er plötzlich merkte, dass Fee nicht umfiel, sondern stehen blieb und sich umschaute. Aldonas erinnerte sich gerade noch rechtzeitig daran, dass jetzt der *Kampf des Willens* stattfinden müsste, sodass er die Fee kontrollieren konnte.

Er konzentrierte sich darauf, die Fee zu unterwerfen. Doch es war schwierig. Wenn ein beschworenes Wesen durch eine Unterwerfung mit dem Tode bedroht ist, kann es auf die „autonom geschützten Mentalreserven" zurückgreifen – wie es im Jargon der Beschwörer hieß. Damit drücken sie aus, dass bei Todesgefahr die Willensstärke eines Wesens massiv ansteigt. Und auf einem Blatt versehen mit Gift und neben einer Giftdämpfe ausströmenden Schüssel beschworen zu werden, war mehr als lebensgefährlich. Entsprechend schwer hatte es Aldonas, die Fee zu unterwerfen. Sie rangen im Geiste miteinander, doch er musste aufgeben.

Die Fee zauberte blitzschnell einen Hagelsturm in Richtung Aldonas, der zum Glück am Schutzkreis endete. Für einen Moment wusste er nicht, was er tun sollte, bis Kotoran ihm zurief, seine Helfer einzusetzen.

„Dämon, töte die Fee!", befahl er über den Sturm hinweg.

Dieser ließ sich nicht zweimal bitten und stürzte sich auf die Elfe. Sie wich geschickt aus und zauberte eine purpurne Wolke um den Dämon.

„Elemental, vernichte die Fee und beschütze den Dämonen!", Aldonas folgte jetzt dem Rat Kotorans.

Die Wolke ließ den Dämon hussten und verlangsamte seine Bewegungen. Das Elemental hatte sich unsichtbar gemacht, sodass Aldonas nicht wusste, was es tat. Die Fee flog derweil an die Decke und ließ riesige Eiszapfen auf den Dämon prasseln. Sie rissen große Wunden in den Dämonenkörper. *Lange würde er das nicht überleben. Wo war nur das Elemental?*

Plötzlich stoppte der Hagelsturm. Fast gleichzeitig fiel die Fee Richtung Boden, obwohl sie wild mit den Flügeln schlug. Ein Schmerzensschrei begleitete den Fall und Aldonas hörte etwas wie ein Ploppen um die Fee herum. Hart schlug sie auf dem Boden auf. Dann bedeckte sich der Boden mit einer Eisschicht und fror die kleine Fee am Boden fest. Der Dämon trat hinzu und zerschmetterte den zierlichen Körper mit seiner rechten Klaue.

Der Spuk war vorbei. Es regnete keine Eiszapfen mehr, die Eisschicht unter der Fee war verschwunden. Aldonas ging zum zerschmetterten Feenkörper. Vorsichtig sammelte er die Flügelteile zusammen.

„Jetzt hast du erlebt, was ich gemeint habe!", stellte Kotoran fest. „Ich glaube, diese Lektion reicht für heute! Unterschätze niemals die Macht der Feen!"

* * *

Als Lu wieder im Hafen von Hanlo einlief, kam ihm die Stadt verändert vor. *So ist es also, wenn man einschneidende Erfahrungen gemacht hat, wenn man den Verlust von Gefährten erfahren hat, wenn man dem Tod ins Auge geblickt hat.* Die Welt wird anders wahrgenommen. Und so kam ihm Hanlo einerseits schäbiger andererseits doch ihn willkommen heißend vor. Er wollte eigentlich zuerst zu einem Heiler gehen und sich die Brandwunden endgültig heilen lassen. Andererseits wollte er auch den schwierigen Gang zum Alchemisten hinter sich bringen, um einfach so schnell wie möglich mit der Belohnung zum Psi-Magier und zu kommen. Also ging er auf direktem Weg zum Alchemisten. Die Wunden konnten noch warten, der Schmerz hatte ja aufgehört und auf kosmetische Dinge legte er zurzeit keinen Wert.

Der Alchemist war gerade in einem Kundengespräch, als er eintrat. Ein ganz in Seide gekleideter Mensch mit dunklen Haaren schien sich eine Auswahl von Tränken zu besorgen, zumindest hatte er fünf vor sich stehen. Lu hielt sich diskret im Hintergrund und stöberte durch die Auslagen des Alchemisten. Im Schmuckbereich sah er mehrere Ringe und Ketten, die seine Aufmerksamkeit auf sich zogen. Da, tatsächlich wieder so ein Zauberspruchring. Dann waren da noch Dinge, die gegen magische Angriffe schützten so, wie er es ja schon kannte, aber auch ganz andere Dinge, wie ein Teleportring, die einen horrenden Preis hatten. Auch in der Waffengalerie, da das Gespräch mit dem Kunden länger ging, verweilte Lu etwas. *Was es alles gab!* Das extrascharfe Schwert war nur eines von vielen Ausführungen, die man Schwertern geben konnte…nicht nur die Vielfalt der Schwerter – Breit-, Lang- und Kurzschwert, Zweihänder, eine Flamberge und andere Schwerterarten. Und überhaupt Waffen jeder Couleur – Äxte, Morgensterne, Dreschflegel aus Stahl, Hellebarden, Speere, natürlich Dolche, Messer und Vieles mehr. Was ihm besonders auffiel, war ein Dolch, der ein automatisches Gift in sich hatte, das heißt, er war immer vergiftet. Der Preis war stolz – 10.000 Goldstücke. Aber von der Nützlichkeit eines immer giftigen Dolches war Lu sofort überzeugt. Welches Gift es war, konnte er gar nicht herausfinden. Es musste natürlich eine Art intravenöses Kontaktgift sein, was sofort wirkte. Wahrscheinlich so, als wäre das Gift einer Schlange sozusagen in den Dolch eingearbeitet werden. *Das musste er sich merken.*

Immerhin, da die Gefährten alle tot waren, würde er das ganze Geld alleine bekommen und so ein Dolch wäre sicherlich sinnvoll. Endlich verließ der Kunde den Laden. Der Alchemist brachte ein "Vorübergehend-geschlossen-Schild" an der Tür an und widmete sich Lu. Sie gingen in ein Hinterzimmer, das fast wie ein Labor aussah, überall Kolben, Gläser, Violen, von der Decke hingen diverse Kräuter. Nun sah er auch diverse Knochen und anderes in den Regalen: Fehlgeburten, viele verschiedene Körperteile, abgehackte Hände. Es war schon ein Gruselkabinett hier. Der Alchemist bat ihn an einen Tisch:

„Nun erzählt, wie war es. Ihr seid allein zurückgekommen. Eure Gefährten haben es nicht geschafft?"

„Ja, leider haben sie es nicht geschafft." Lu fasste die Ereignisse zusammen und Yaro hörte interessiert zu.

„Gut, dann lasst uns in meinen freien Lagerraum gehen, damit wir die Drachenknochen aus dem Dimensionsrucksack nehmen können."

Das war auch gut so, denn die Drachenknochen nahmen einen erheblichen Platz ein. Den Leichnam von Errollos und das Drachenei ließ Lu noch im Rucksack – er wollte noch etwas versuchen…

„Ihr könnt natürlich die Belohnung für Euch allein behalten, ebenso die Gegenstände Eurer Gefährten. Das ist eben das Glück des Überlebenden. Schade, Errollos war ein guter Anführer, aber ich muss sagen, dass Ihr überlebt habt.. Eure Fähigkeiten beeindrucken mich. Im Prinzip habt Ihr wieder den Drachen allein erlegt, so wie den Seedrachen schon. Ich würde gerne mit Ihnen in Kontakt bleiben. Ich könnte mir weitere Aufträge vorstellen."

Lu überlegte, dann lehnte er dankend ab: „Ich glaube, nach dieser Drachenjagd brauche ich erst einmal Abstand von dem Ganzen. Ich müsste schon in sehr, sehr großen Geldnöten sein, dass ich mich wieder auf so ein Abenteuer einlasse."

„Schade!", sagte Yaro. „Wenn Ihr es Euch anders überlegt: Ihr wisst ja, wo Ihr mich findet. Kann ich sonst noch etwas für Euch tun, Lu?"

„Ja, ich würde gerne diesen Dolch haben, der ein permanentes Gift in sich hat."

„Hm, eine gute Wahl!", sagte Yaro anerkennend. „Den kann man sicherlich gut gebrauchen und ich gebe ihn Euch zu einem Schnäppchenpreis. Sagen wir 8.000 Goldstücke!"

Lu war erfreut. Er stattete sich noch mit diversen anderen Tränken und Kräutern aus, um einfach für sein weiteres Leben gewappnet zu sein. Verschiedene Heiltränke in verschiedenen Dosierungen, die ihm verschieden stark helfen konnten bei Verletzungen – ein Anti-Gift-Trank, der ein Universalserum gegen alle Arten von Vergiftungen war. Er achtete darauf, immer Konzentrate zu bekommen, damit sie wenig Platz wegnahmen.

Und dann stellte er die Frage, die er sich schon die ganze Schifffahrt überlegt hatte:

„Kann ich Euch den Dimensionsrucksack abkaufen?"

Yaro stockte kurz. „Ich würde mich nur sehr ungern von ihm trennen. Ihn herzustellen ist eine Heidenarbeit, braucht besondere, sehr schwer zu bekommende Zutaten und er hat mir bisher immer gute Dienste geleistet."

„Das verstehe ich, doch alles hat seinen Preis, oder? Sie können ja im Zweifelsfall irgendwann einen neuen herstellen.“

„50.000!“, rief der Alchemist nach kurzem Nachdenken aus.

„50.000 Goldstücke?“

„Ja, und das ist noch ein guter Preis dafür, dass ich ihn eigentlich gar nicht hergeben will.“

Lu überlegte kurz, ob er verhandeln sollte, aber Yaro schien entschlossen zu sein.

„Gut, 50.000 – ich nehme das Angebot an.“

Er kaufte den Rucksack, steckte all seine Habseligkeiten und die neu gekauften Tränke in den Rucksack. Den Dolch schnallte er sich in die Innentasche seiner Lederrüstung. Dann verabschiedete er sich, um zu einem Heiler zu gehen, bei dem er seine Brandwunden endlich ausheilen ließ. So hergestellt ging er hoffnungsvoll und auch etwas nervös zum Psioniker Berrow.

* * *

Sie waren in den Norden Yodans gereist, um das Baumhaus im Feenland zu finden. Als sie das sumpfige Land betraten, beschloss Lacarna nach tagelangen, fruchtlosen Suchen, dass sie in Gruppen von einem Basiscamp aus getrennt aufbrechen sollten. Aldonas ging allein mit Ariella in Hundegestalt, als sie plötzlich einer kleinen Fee in einem roten Kleidchen begegneten, die keck vor ihnen herflog.

„Verstehe mich nicht falsch“, begann Aldonas, „ich habe lange Jahre Elfenkunde studieren müssen. Du bist doch gar keine weibliche Elfe, oder?“

„Wie kommst du darauf?!“, rief die Fee empört.

„Nun, die Musterung deiner Flügel, die Form deiner Fühler… das alles weist auf einen männlichen Elf hin…“

Plötzlich begann der Elf zu schluchzen.

„Nicht einmal Fremde kann ich täuschen...es ist...", ein klagender Laut kamen aus dem tiefsten Inneren dieses zierlichen Körpers, „...ich bin eine weibliche Seele gefangen in einem männlichen Körper...".
Jetzt liefen die Tränen ohne Unterlass und die Flügelfarben schienen zu verblassen.
„Mein Name ist Svenja – eigentlich Sven... Ich fühle mich so falsch, so wertlos..."
Aldonas wusste nicht, was er sagen sollte. In seiner Unreife hatte er sich nie über eine solche Thematik Gedanken gemacht.
„Ist das durch einen Zauber passiert?", versuchte er der Sache näher auf den Grund zu gehen.
Svenja schaute zu ihm auf. „Nein, ich bin vor mehr als 300 Jahren so geschlüpft. *Aber es war falsch!* Ich wuchs heran und schaute nach den schönen Flügeln der männlichen Elfen, ich will selbst Eier legen und mich um meine Kinder kümmern...".
Ein leises Wimmern beendete den Redefluss.
„Heißt das, du willst eine Elfe sein, obwohl du als Elf geschlüpft bist...?", vergewisserte sich Aldonas verständnislos.
„Was ist da nicht zu verstehen!", fauchte Svenja jetzt ärgerlich. „Der große Weltgeist, der die Seelen in die Eier legt, hat mir aus Versehen eine männliche Seele gegeben. Jetzt suche ich seit mehr als 200 Jahren einen Weg, diesen Fehler wieder zu korrigieren... Ihr seid doch alle mächtige Kämpfer, Magier und Helden – ich habe euch schon eine Zeit lang beobachtet. Kann von euch mir jemand helfen? Ich helfe euch, wie es in meiner Macht steht hier im Elfenland."
„Ich weiß dein Angebot zu schätzen, aber ich kann dir keine Hoffnung machen, dass einer von uns dir helfen kann. Von einem Zauberspruch „Geschlechtstransformation" habe ich noch nie etwas gehört. Nichtsdestotrotz werde ich mit Lacarna, der Elbin, reden. Sie kommt aus einer ande-

ren Welt, einer anderen Dimension. Vielleicht weiß sie Rat."

„Aus einer anderen Dimension?", mit hoffnungsvollen Augen schaute Svenja in Aldonas Augen. „Es muss doch eine Lösung geben. Ich bin doch nicht das einzige Wesen im Multiversum, dass dieses Problem hat – nein, das kann nicht sein…"

Sie verabschiedeten sich, nicht ohne einen Treffpunkt und eine Uhrzeit für morgen zu verabreden. Nachdenklich und etwas verwirrt ging Aldonas in Richtung Lager. Das sumpfige Land zwang ihn und Ariella, ihre Schritte mit Bedacht zu setzen und die heiß-schwüle Luft verlangsamte zusätzlich ihr Tempo.

„Kennst du einen solchen Transformationszauber?", richtete er das Wort an Ariella, sobald sie einige Zeit gelaufen waren.

„Nein, aber ES könnte sich doch einfach umbringen, dann kann der Weltgeist in der nächsten Inkarnation „den Fehler" selbst korrigieren. Gern helfe ich bei einem langsamen qualvollen Tod…", knurrte sie.

„Du bist unverbesserlich!"

„Ich weiß – immer hilfsbereit, wenn andere mich brauchen… Im Übrigen wäre mir „unverschlechterlich" lieber. Unsere Werte weisen in eine andere Richtung."

Aldonas gab auf. Von Ariella war keine Hilfe zu erwarten. Nach einer Stunde erreichten sie das Lager.

Nur Jestonaaken und Lacarna waren im Lager. Dem Wolfer hang die Zunge aus dem Mund und er fächelte sich mit dem Blatt eines Posaunenbaums Luft zu. Mit seinem Fell war er in diesen klimatischen Bedingungen klar im Nachteil. Lacarna dagegen saß über einer Karte am Klapptisch. Wie immer sah sie wie frisch aus dem Ei gepellt aus. Die Hitze schien ihr nichts auszumachen. Im Gegenteil, gerade nahm sie wieder einen Schluck ihres heißen Kräutertees, dessen Aroma Aldonas mittlerweile kannte. Sie blickte auf und lächelte ihn an. Er musste sich zusammenreißen, um nicht rot anzulaufen. Immer noch hatte sie diese Wirkung auf ihn.

„Hast du etwas Interessantes entdecken können?", fragte sie, wobei sie geflissentlich über seine Verlegenheit hinwegsah.

„Ja und nein.", versuchte er cool zu antworten, was ihm bei der Hitze nicht leicht viel.

„Ich höre…". Lacarna wandte sich ihm vollends zu und wies auf den freien Platz gegenüber von ihr.

Aldonas berichtete über die fruchtlose Suche und die Begegnung mit Svenja.

„Mmh, eine interessante Begegnung hattest du da. Leider muss ich dich enttäuschen bzw. Svenja. Auch in meiner Dimension ist mir kein Zauberspruch bekannt, mit dem man sein Geschlecht dauerhaft umwandeln kann. Svenja könnte uns allerdings sehr nützlich sein. Wenn alle da sind, werden wir uns darüber beraten. Vielleicht haben die anderen etwas gefunden, was uns hier weiterhilft."

Interessiert schaute Aldonas auf die Karte. Auf ihr war eine Unzahl von Hügeln verzeichnet. Den Elfenhügel zu finden, war die Suche nach der berühmten Nadel im Heuhaufen. *Woher hatte Lacarna nur eine derartig detaillierte Karte?* Leider half auch sie nicht weiter, den Elfenhügel mit dem Baumhaus zu finden.

Nach und nach kamen die anderen zurück. Zuerst Gemmetta und Altahif. Obwohl sie mit der Flugschlange viel erkunden konnten, hatten sie nichts Wichtiges aufgespürt. Bergola kam auf Otanios zurückgeritten. Auch sie waren erfolglos. Minelle kam mit Pandor als letzte. Sie zuckte nur müde mit den Achseln.

Lacarna bat um die Bewachung des Lagers durch die „Begleiter", um bei der Beratung nicht belauscht zu werden. Ariella, Pandor und Sahif verteilten sich in gebührendem Abstand.

Aldonas erhielt das Wort. Er berichtete von der Begegnung mit Svenja und schloss mit der Frage: „Kennt jemand von euch einen solchen Transformationszauber?"

Altahif schnaufte verächtlich durch seine kleinen Nasenlöcher. „Der Elfe sollte sein Schicksal akzeptieren. Annehmen, was ist, ist hier die Lösung. Er sollte bei einem Psioniker seine Geisteskrankheit heilen lassen. Der große Weltgeist macht keine Fehler!"

Gemmetta erwiderte aufgebracht: „Was weißt du schon, was ES schon alles mitgemacht hat?!"

Altahif machte eine wegwerfende Handbewegung, sagte aber nichts. Kein anderer sagte etwas.

„Wir brauchen ihre Hilfe, aber können nichts im Gegenzug anbieten, was ihr wahres Problem betrifft. Ich könnte mir aber vorstellen, dass Gemmetta Acoatlan fragen könnte, ob es eine Möglichkeit gibt – wärest du dazu bereit, Gemmetta?" Die Halborkfrau nickte.

„Ich werde heute Abend ein Weissagungsritual durchführen, dazu brauche ich aber noch ein, zwei Dinge: wilden Salbei, ein Vogelei und ein Feuer auf Birkenholzscheiten."

Sie einigten sich, dass Sahif das Ei besorgen sollte, Jestonaaken den Salbei und Pandor das Birkenholz. Die Flugschlange war schon nach 10 Minuten mit dem Ei da, dass sie vorsichtig im Maul trug und es Altahif übergab. Jestonaaken brauchte etwas länger, wohingegen Minelle plötzlich rief:

„Pandor ist in Schwierigkeiten mit einigen Elfen. Kommt mit."

Schnell liefen sie durch das hügelige Land. Birken lieben eher Randlagen und viel Licht. Pandor hatte weiter weg suchen müssen. Sie hetzten in Richtung Norden.

„Mist, sie haben ihn eingeschläfert!", entfuhr es Minelle nach einer kurzen Strecke des Weges. „Hoffentlich hat er sich zum Kämpfen nicht verwandelt...!"

Elfen und Dämonen sind zwar keine Erzfeinde, aber Aldonas wusste, dass Elfen Dämonen durchaus töteten, da diese die Natur rücksichtslos behandelten. Elfen lebten in Einklang mit der Natur, ihren Pilzkreisen und der natürlichen Magie. Das kleine Volk war ein natürlicher Beschützer von Fauna und Flora. Dämonen waren als Landplage bekannt, die mit Natur und ihrer Schönheit nichts anfangen konnten. Sie beeilten sich, allen voran Minelle.

* * *

Lu ging zum Psioniker Berrow, um endlich seine Erinnerungen zurückzuerhalten. Eine innere Spannung hatte sich in ihm die letzten Tage aufgebaut, die seinem elbischen Wesen eigentlich fremd sein sollte. Endlich würde er wissen, wer er ist. Endlich könnte er die Traumbotschaften verstehen, die ihn auch auf der Rückreise nach Hanlo gelegentlich heimsuchten. Endlich hätte er einen Platz in dieser Welt. Er hatte Goldstücke des Südlichen Königreiches eingetauscht, da sie mit ihrem Loch in der Mitte praktisch verschnürt werden konnten. Ein großflächiger Inselstaat passt alles an das Meer und seine Gegebenheiten an – sogar seine Währung. Einzelne Goldstücke ohne Loch würden viel zu leicht auf Schiffen verloren gehen. Mit den Löchern konnte man sie bequem zu Bündeln schnüren. Die großen Stücke wie der südliche Hunderter waren mit Perlen versetzt. Fünf hatte er eingetauscht, um Berrow zu bezahlen. Zum Glück gab es seit dem Abkommen von Magnora vor ein paar Jahrhunderten keine Umtauschverluste. So gab es alle Arten von Münzen überall.
Das Haus des Psionikers fand er leicht wieder. Sein elbischer Orientierungssinn ließ ihn nicht fehlgehen. Mit jedem Schritt Richtung Berrow war seine innere Spannung gestiegen. Nervös klopfte er an der Haustür. Der Diener öffnete ihm und geleitete ihn zu Berrow, nachdem er sein Begehr vorgebracht hatte. Dieser begrüßte ihn verwundert

mit seiner Falsettstimme, die Lu leicht schaudern ließ aufgrund des unharmonischen Nachhalls.

„Ich hätte nicht gedacht, Sie so bald wiederzusehen.", eröffnete Berrow das Gespräch nach den Begrüßungsfloskeln. „Sie haben die 500 Goldstücke zusammen?"

Lu nickte und reichte ihm die aufgereihten Hunderter samt Schnur.

„Ah, sie hatten Glück im Süden?"

Lu spürte bei diesen Worten die Nachwirkung der Verbrennungen und Verletzungen vor seinem inneren Auge, bevor er antwortete: „Glück und hart erkämpft. Lassen Sie uns gleich beginnen."

„Wie Sie wollen...". Berrow verstaute die Goldstücke in einer Statue, die einen Wächterdämonen darstellte hinter seinem Konsultationstisch. Sie gingen in einen spärlich beleuchteten Raum ohne Fenster, der an das Besprechungszimmer anschloss. Der Raum war gänzlich in Schwarz gehalten. Boden, Decke und selbst die Tür waren mit dickem, schwarzem Samt ausgekleidet.

Lu musste sich auf einen schwarzen Diwan legen, wobei sein Kopf leicht nach unten hing. Berrow saß in einem Sessel und hielt Lus Kopf in beiden Händen.

„Schließen Sie die Augen und lassen Sie mich ohne Widerstand in Ihren Geist eindringen..."

Zuerst fühlte es sich sehr unangenehm an, als er Berrows Geist in sich spürte. Er musste den Impuls unterdrücken, sich aus Berrows Händen zu reißen und wegzulaufen. Er merkte aber auch, dass der Psioniker behutsam vorging und bei jedem Vordringen einer gewissen Zeit Raum gab. Berrow begann, Lus Geist an die Hand zu nehmen und diverse Erinnerungen aus jüngster Zeit zu reflektieren. Als sie an die Episode mit der Besiegung des Drachens kamen, merkte Lu, wie der andere Geist in seinem Kopf überrascht und beeindruckt war. Wie beim Herabsteigen einer Treppe gingen sie zusammen immer tiefer in seine Erinnerungen, bis sie auf der Felsnadel im Meer ankamen. Hier gab es eine schwarze Mauer, die keine Sekunde über den Zeitraum des Augenaufschlagens hinaus führte – damals, als er in diesem metallenen Ei aufgewacht war. Berrow machte mehrere konzentrierte Anstrengungen, um diese schwarze Mauer zu durchdringen, die aber vorerst erfolglos blieben. Lu konnte mit seinem geistigen Auge teilweise beobachten, was der Psioniker tat und es kam ihm seltsam vertraut vor. *Ja, er musste auch über psionische Fähigkeiten verfügt haben.*

„Ja, der Meinung bin ich auch", erscholl in eine nicht mehr so unangenehme Stimme in seinem Kopf. Lu hatte ganz vergessen, dass Berrow natürlich auch alle seine Gedanken und Gefühle mitbekam.

„Ich weiß, dass man sich an meine Stimme gewöhnen muss."

Lu fühlte sich ertappt und zum ersten Mal erlebte er, wie ein anderer Geist in seinem Inneren lachte.

„Es muss Ihnen klar sein, dass ich Ihre tiefsten Geheimnisse wahrnehmen kann." Berrow amüsierte sich gerade köstlich...

„Jetzt nicht sauer werden! Wir müssen diese schwarze Barriere gemeinsam angehen, die Ihrem Geist von seinen Erinnerungen abschneidet."

„Was soll ich tun?" Verzweiflung und Frustration breiteten sich in Lu aus. War das Geld etwa umsonst ausgegeben? War er beim Falschen gelandet...?

„Jetzt nicht aufgeben! Sie sind bei mir genau richtig!"

Wieder glaubte Lu, einen amüsierten Unterton in seinem Geist zu hören. Und wieder fühlte er sich ertappt.

„Machen Sie diese Chakren-Meditationsübung, die Sie nach dem Aufwachen machten, als Sie Ihre erste Erinnerung hatten. Das scheint mir eine gute Verbindung in Ihre Vergangenheit zu sein."

Er erinnerte sich an die Übung und ging die einzelnen Farben und korrespondierenden Chakren durch. Nichts geschah – zumindest war er jetzt ruhiger. Berrow hatte wie auf der Lauer gelegen. Und dann durchfuhr es ihn wie ein Blitz: Er hatte die Worte des Lichtzaubers damals gesagt! Auch wenn nichts geschehen war – hier war der Ansatzpunkt an eine Zeit davor. Ja, so waren die Worte: *cherubim galad sim.* Irgendetwas regte sich in seinem Inneren, etwas wie ein fernes Klopfen, ein unendlich weites Rauschen.

„Schlagen Sie die Augen auf! Wir müssen für heute Schluss machen.‟

Diese Worte drangen sowohl in sein Ohr als auch in seinen Geist. Enttäuschung machte sich breit. *War das alles? Drei Worte?*

Berrow löste sich vollständig aus seinem Geist und Lu fühlte sich auf einmal seltsam allein, so allein wie noch nie in seinem Leben – soweit er sich erinnern konnte.

„Wir haben für heute genug gearbeitet! Fünf Stunden sind wirklich mehr als genug!‟

„Aber wir haben doch gar nichts erreicht...! Lassen Sie uns weiter machen.‟ Lu bettelte beinahe mit weinerlicher Stimme.

„Dass Sie den Zauberspruch erinnert haben, war sehr, sehr wichtig – denn er kam aus Ihrem Unterbewusstsein. Ihr Unterbewusstsein ist die Brücke zu Ihren Erinnerungen. Hier machen wir morgen weiter.‟ Berrow blieb unerbittlich.

Lu musste ihm zerknirscht aus dem schwarzen Raum folgen. Der Diener hatte auf dem Schreibtisch eine Karaffe mit Wasser und Obst bereitgestellt. Plötzlich merkte Lu, wie lange er nichts mehr gegessen hatte. Als er in einen saftigen Apfel bis, bemerkte er, dass Berrow sich erschöpft auf den Sessel fallen ließ und erst einmal trank. Dankbarkeit stieg in ihm auf. Dieser Mann musste sicher viel leisten mit einem so ungeduldigen „Klienten‟ wie ihm.

„Kommen Sie morgen um 3 Uhr nachmittags.‟, sagte Berrow mit müder Stimme, „Dann machen wir weiter!‟

Lu verstand den Wink und nahm sich noch eine Mango für unterwegs mit, die er auf der Suche nach einer Herberge verspeiste.

Diesmal nahm er ein Gasthaus im selben Viertel wie Berrow, nur wenige Laufminuten von dessen Anwesen entfernt. Als er sein Zimmer betrat, merkte er, wie auch ihn diese geistige, konzentrierte Arbeit erschöpft hatte. Noch in Kleidern legte er sich auf das Bett und schlief ein...

* * *

Sie waren auf dem Weg, Pandor zur Hilfe zu kommen, als auf einmal Minelle ausrief: „Verflucht, sie haben ihn eingeschläfert". Minelle lief voraus und führte sie. Sie hatte einen ungefähren Eindruck, wo Pandor hingegangen war. Nach drei Minuten erreichten sie die Stelle bzw. konnten sie von Ferne sehen. Ein Schwarm Feen tanzte über den am Boden liegenden in eine Dämonengestalt zurückverwandelten Pandor. Auf einmal wandte sich der Schwarm der Feen ihnen zu.

Lacarna rief: „Halt lass mich das machen!"
Sie blieben stehen und Lacarna lief voraus.
„Ehrwürdiges Elfenvolk, entschuldigt bitte unser Eindringen hier. Bitte tut dem Dämon nichts, er gehört zu uns, wir haben friedliche Absichten!"
„Friedliche Absichten? Wie kann ein Dämon friedliche Absichten haben? Er zerstört die Natur, reißt uns die Flügel aus und quält die Wesen des Waldes und des Sumpfes. Wir können Euch nicht glauben."
„Bitte vertraut mir, ich bin Lacarna. Ich bin unterwegs im Auftrag des Tempels des Lichts und der Dunkelheit und der Dämon gehört zu unserer Gruppe. Wir brauchen seine Unterstützung, um unsere Aufgabe zu erfüllen."
Eine Elfe löste sich aus dem Schwarm und kam auf Lacarna zu, die zehn Meter von der Gruppe entfernt stehen geblieben war.

„Hallo Elbin, ich bin Rasula, die Anführerin dieses Feen-schwarms. Wie kann ich Euch glauben?"

Lacarna überlegte kurz, griff in ihren Rucksack und holte eine Pergamentrolle hervor.

„Wie ich weiß, seid ihr Feen, oh ehrwürdige Rasula, große Zauberer. Hier ist ein Dokument, was mir überall auf die-ser Welt Schutz und Hilfe des Tempels des Lichtes und der Dunkelheit verschafft. Lest selbst, es ist in Elbisch ver-fasst."

„Ja, Ihr habt recht, aber ich werde erst einmal einen Echt-heitszauber darauf bewirken."

Die kleine Fee zauberte. Es war nichts zu sehen, aber sie schien mit dem Ergebnis ihres Zaubers zufrieden zu sein.

„Aha, gut dann will ich euch eurer Wege ziehen lassen. Ich dulde eure Anwesenheit hier in diesem Sumpf, aber da ihr solche Wesen wie den Dämon bei euch habt, werden wir euch aus dem Weg gehen und ihr geht uns aus dem Weg."

Lacarna nickte: „Gut, so werden wir es tun. Ich danke Euch für Eure Weisheit."

„Kommt, meine Brüder und Schwestern, wir verabschieden uns von hier! Der Zauber wird in circa zehn Minuten nach-lassen."

Die Feen verschwanden. Es war wie ein Schmetterlings-schwarm, der sich in die Büsche der Sümpfe und in das Schilf verflüchtigte.

Lacarna atmete hörbar aus: „Gut, das haben wir ge-schafft!"

Sie warteten eine viertel Stunde bis Pandor wieder auf-wachte, denn magischen Schlaf kann man nicht durch Rüt-teln oder andere Dinge beenden. Als Pandor erwacht war, machten sie sich weiter auf die Suche. Sie begegneten keinen weiteren Feen mehr.

* * *

Drei Tage versuchten sie nun schon, die schwarze Mauer des Vergessens zu durchdringen, zu umgehen, auszutricksen. Lus Geduld und Zuversicht nahmen dramatisch ab. Mittlerweile musste Berrow jeden Winkel seines Geistes durchkämmt haben. Irgendwo musste es doch eine Geheimtür geben, schließlich hatte er mehrere davon in seiner Burg... Plötzlich war er wie elektrisiert. *Er konnte sich an eine Burg erinnern – seine Burg. An die feuerroten Zinnen, den Turm mit der riesigen Plattform, die Diener und Wächter, seinen Harem.* Dann, genauso schnell, wie die Erinnerungen gekommen waren, verblassten sie. Es wirkte alles wie ein Bild, dessen Farben immer kraftloser wurden bis nur noch schemenhafte Grautöne vorhanden waren. *War er ein Adliger, gar ein Herrscher?* Hiervon konnte er nichts in seinem Gedächtnis finden. Und warum war alles rot gewesen: die Burg, die Livreen der Diener, die Schilde der Wächter...

Berrow und er versuchten noch eine weitere Stunde, Erinnerungen aus ihm herauszukitzeln. Doch ihre Bemühungen blieben erfolglos.

Trotzdem schien Berrow zufrieden zu sein. „Heute haben wir einen Riesenschritt getan! Mit dieser Erinnerung werden wir jetzt in eine neue Phase eintreten können."

„Was machen wir jetzt anders?"

„Morgen werde ich sie mit einigen Fragen und gezielten Psi-Impulsen wieder an der schwarzen Mauer arbeiten lassen. Achten Sie heute Nacht auf Ihre Träume und halten Sie Stift und Papier bereit, um nach dem Aufwachen gleich alles aufzuschreiben. Wir werden es brauchen und es wird uns helfen, weitere Erinnerungen loszueisen."

Auf dem Weg zum Gasthof spürte Lu neue Hoffnung in sich aufkeimen. Endlich gab es Ergebnisse, endlich hatte er einen, zumindest kleinen, Hinweis bekommen, wer er war. *Eine eigene Burg! Vielleicht warteten zuhause Frau und Kinder auf ihn. Vielleicht muss ich meine Frau ganz neu kennenlernen – wenn ich eine habe. Sein Harem fiel ihm* wieder ein. *Und im wurde schmerzlich bewusst, dass er seit seinem Erwachen auf der Felseninsel, mit keiner Frau geschlafen hatte. Ob es wohl Elbenprostituierte hier gab?* Mit anderen Humanoiden wollte er sich nicht einlassen...

* * *

Sie steckten den Stab in das Loch im Boden des Baumhauses. Svenja schaute dabei skeptisch zu.
„Gleich ist es soweit.", zischelte Altahif. Der Druide hatte das beste Zeitgefühl.
Lacarna probierte, ob der Stab auch richtig drinsteckte, indem sie in hin- und herdrehte. Alles war perfekt: Ort, Zeit und Gegebenheiten. Sie entfernte die Hülle. Ein Raunen ging durch die Gefährten. Gemmetta stieß einen leisen Pfiff aus. Unter der Hülle befand sich ein goldfarbener Ring von 30 cm Durchmesser, der durch eine Kreuzkonstruktion in vier gleiche Viertel unterteilt war. Das untere Ende war durch einen Hohlzylinder von 4 Zentimetern auf dem Stab fixiert. Das Kreuz wurde teilweise durch eine mumifizierte Klauenhand verdeckt, die mit den Fingern nach oben im Zentrum angebracht war. Gemmetta untersuchte die abgetrennte Hand als Erstes.
Nachdem sie konzentriert die Augen geschlossen und wieder geöffnet hatte, verkündete sie verwundert:
„Das ist eine sehr alte Hand eines elbischen Vampirs. Was hat das zu bedeuten?"
Minelle trat als Nächstes vor: „Sie hat recht!"
Bergola fragte interessiert: „Woran erkennt ihr das?"
Gemmetta deutete auf die immer noch scharfen, krallenartigen Fingernägel: „Wenn einem Vampir ein Körperteil abgeschlagen wird, wandelt es sich in den untoten Zustand zurück, quasi einer Karikatur des Lebens, das er ursprünglich hatte. Hier sieht man das verstärkte Horn der Fingernägel, worin Kupfer eingelagert ist, womit sie sehr scharf sind. Am „lebenden" Vampir kann die Klaue als ein-

fache Hand getarnt werden, nicht aber, wenn keine Verbindung mehr zu ihm besteht. Und das es ein Elb war, siehst du an den filigranen Adern und feingliedrigen Fingern."

„Wir sollten Vorsichtsmaßnahmen treffen, falls sich aus der Hand ein ganzer Vampir materialisiert!", warf Lacarna ein, die sich von ihrer Überraschung erholt hatte.

Alle zogen ihre Waffen oder bereiteten sich auf Zaubersprüche vor.

„Jetzt ist es soweit!" Kaum hatte Altahif zu Ende gesprochen, als ein einzelner Lichtstrahl durch eine winzige Öffnung des Baumhauses eintrat und direkt auf das Zentrum der Hand leuchtete. Fast schlagartig zerfiel die Hand zu Staub. Im Kreuzungspunkt, der vorher durch die Hand verdeckt war, leuchtete ein durchsichtig-honiggelber Stein – ein Gold-Topas – direkt im Sonnenstrahl.

Ein kollektives Einatmen der Luft war zu hören, als die Gefährten gespannt auf den Edelstein starrten. Dieser sandte einen Strahl auf die dem eintretenden Sonnenstrahl gegenüberliegende Wand des Baumhauses aus, wenn da nicht Jestonaaken gestanden hätte. Der machte instinktiv einen Satz nach links, sodass ihn der Strahl nur kurz streifte. Tatsächlich war der Strahl harmlos. Er projizierte in das Halbdunkel des Baumhauses eine quadratische Fläche von 70 x 70 cm an der hinteren Wand. Erst sah man ein Art Nebel und Wabern, dann wurde es klarer.

„Wenn ihr diese Nachricht hört und diese Bilder seht, dann haben sich unsere schlimmsten Befürchtungen bewahrheitet.", erscholl eine angenehme Stimme vor ihnen und wie ein Geist sahen die erschrockenen Gefährten einen Elben vor sich.

„Wenn ihr diese Nachricht hört, werde ich schon lange tot sein, aber *DIE* noch lange nicht. Wenn ihr diese Nachricht hört, dann ist das Ende nahe..."

* * *

Das Wahlkönigtum machte das Westreich so schwach und gleichzeitig so angriffslustig. Da der immer neu gewählte König seinem Wahlklientel hinterher Pfründe zusichern musste, war die Staatskasse ständig klamm und der neue Herrscher versuchte, durch Expansion sich selbst neue Pfründe zu sichern. Und natürlich versuchten die alten Familien durch Intrigen und Ränkeschmieden, jeweils ihren Kandidaten zu bevorzugen und nicht wenige Könige wurden schon nach einiger Zeit vergiftet aufgefunden. Oder ein Attentäter hatte sein Werk vollbracht. Das Westreich war vielleicht ein hoffnungsloser Fall, aber immer noch brandgefährlich. In einem waren sich alle einig. Ein Gegner von außen, ein Krieg nach außen hin, fand immer die ganze Unterstützung der Familien, der Clans. Und das machte das Westreich so gefährlich...

* * *

„Das muss Amtonas sein, der große Elbenmagier!" Gemmetta war die Erste, die das Staunen überwinden konnte. Der Elb fuhr fort: „Wir wussten, dass unser Sieg nicht endgültig war! Aber lasst mich Euch die Fakten erzählen: Vor langer Zeit – zu meiner Zeit – strandeten aus irgendeiner fernen Dimension die *Großen Alten* bei uns. Nach und nach brachten sie immer mehr Völker unter ihre Kontrolle und waren im Begriff alles zu beherrschen, als sich endlich Götter, Engel, Drachen und Humanoide zusammenrafften, um der Gefahr gemeinsam die Stirn zu bieten. Schon bald war klar, dass die Großen Alten aus reiner Magie bestanden und Meister in ihrer Anwendung waren. Trotzdem stellten wir uns zur Schlacht. Nach tagelangem Kampf, bei dem ganzen Rassen und Völker untergingen, wussten wir, dass wir sie nicht töten konnten. Wir glaubten sogar, dass ihr Tod eine zerstörerische Welle von Magie auslösen würde, die die ganze Welt vernichten könnte.

Schließlich hatte der Engel Gabror die Idee, einen vereinigten Schlafzauber zu konzipieren, an dem wir alle teilnahmen. Und tatsächlich – es klappte: Die Großen Alten schliefen und wir brachten sie in die tiefsten Schlünde der Erde, wo sie für immer schlafen sollten. Die Welt lag in Trümmern, aber die Überlebenden bekamen die Hilfe der Götter beim Wiederaufbau. Die Sonne schien regelmäßig, der Regen goss die fruchtbaren Felder voll Saatgut und die Humanoiden erholten sich von ihrem Aderlass.
Doch uns Anführern war klar, dass unser Schlafzauber nicht für die Ewigkeit halten würde. Wir hatten die Hoffnung, dass es künftigen Generationen gelingen wird, eine Methode zu finden, die Großen Alten endgültig zu vernichten. Zur Unterstützung haben alle 12 Anführer einen Teil ihrer Seelenessenz in jeweils einen unzerstörbaren Stab aus Gold gegeben. Alle Stäbe können in eine Nabe gesteckt werden und bilden so das *Rad des Schicksals*. Wir haben diese Stäbe und die Nabe auf mehrere geheime Orte in der ganzen Welt verteilt. Wenn ihr alle zusammen habt und sie in die Nabe steckt, so baut ihr eine Brücke in die Vergangenheit und wir 12 werden euch bei der Entscheidungsschlacht zur Seite stehen. Jeder Stab hat noch eine besondere Eigenschaft, die auf denjenigen wirkt, der den Stab verwahrt. Der Stab des Amtonas – mein Stab – ermöglicht es euch, auf dem Regenbogen zu *gehen*.
Ich wünsche euch viel Glück bei eurer Suche und beim Kampf gegen die Großen Alten.“
Die Projektion verneigte sich und verblasste. Alle schwiegen.

* * *

Lu hatte sich am Morgen fleißig Notizen von seinen Träumen gemacht. Dass sie nicht ganz jugendfrei waren, lag an dem Bordellbesuch am Vortag, wo er tatsächlich eine hübsche Halbelbin angetroffen hatte. Der menschliche Anteil störte ihn weniger als er gedacht hatte.

Berrow schmunzelte, als er auf die Erinnerungen der Nacht stieß. „Die Elben und ihr kompliziertes Liebesspiel...``

Sie machten weiter.

Plötzlich brach der Damm. All seine Erinnerungen überwältigten ihn. Und sofort kam der erste, klare Gedanke: *Niemand darf wissen, wer ich bin!*

Und der zweite Gedanke: *Berrow muss sterben!*

Ganz instinktiv kam der tödliche Blick aus seinen Augen direkt auf Berrow, der noch verzweifelt versuchte, schnell eine psionische Schutzbarriere aufzubauen. Lucarno war zu schnell.

Ja, Lucarno war sein Name.

Berrow war augenblicklich tot. Sein Gehirn musste jetzt einer Masse aus gekochtem Brei ähneln. Lucarno war erleichtert. Der tote Berrow sank vor ihm auf den Tisch. Der Elb musste erst einmal Atem schöpfen.

All diese Momente, diese über 900 Jahre seines Lebens – all seine Erinnerungen stürzten auf ihn ein.

Auch sein psionisches Wissen war voll da. Er vollführte einen psionischen Präsenzzauber, um zu sehen, wer in einem Radius von 20 Metern um ihn herum war.

Nur der Diener Berrows war im Radius. Er stand auf, ging in Richtung des Dieners, öffnete die Tür und richtete seinen tödlichen Blick auf den jungen Mann. Der Diener konnte nicht genug Widerstandskraft gegen Psi aktivieren und war sofort tot. Lucarno war nach dieser erneuten Attacke erschöpft. Höchstens noch einmal könnte er heute Psi-Kräfte einsetzen.

Langsam begann er das Haus nach Gegenständen zu durchsuchen, die ihm nützlich sein konnten. Bei Berrow fand er den Schlüssel zu Schatulle, die in der Statue steckte und zwei Ringe aus Gold. Er nahm sein Geld wieder mit. Die Statue war tatsächlich nur aus Stein gewesen und hatte sich nicht in einen angriffslustigen Dämon verwandelt.

Er fand noch weiteren Schmuck und Münzen von über 100.000 Goldstücken in verschiedenen Stückelungen. *Wichtig war jetzt, seine Spuren zu verwischen. Er musste alles mitnehmen, was ihm gehörte, auch das Blatt mit den Notizen und auch Berrows Notizbuch musste verschwinden.*

Vorsichtig ging er aus dem Haus, schaute die Straße entlang und gliederte sich in den ganz normalen Verkehr ein, der auf der wenig belebten Straße herrschte. Er ging zum Gasthof, bezahlte seine Rechnung und machte sich Richtung Marktplatz auf den Weg, um ein gutes Pferd zu erstehen. Er kaufte einen jungen Schimmelhengst, der seinen Ansprüchen genügte. Richtung Norden verließ er die Stadt, um dann, außer Sichtweite der Stadt, Richtung Osten abzudrehen.

Er wusste, was jetzt zu tun war. Aber dafür brauchte er Hilfe, Hilfe von vielen, von denen, die ihn vielleicht schon erwarteten. Die Zeit war gekommen.

Das Schicksal würde seinen Lauf nehmen…

ENDE

Karte von Yodan

Karten-Code für die erweiterte Karte im Internet auf der Seite
www.37voices.de/Buecher/RdS/VdS/Yodan:
Lunardiel

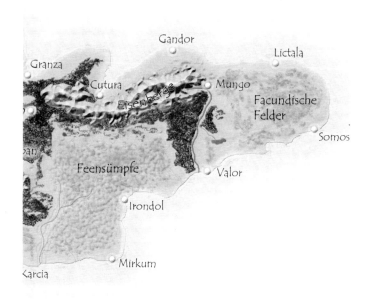

Nord-Yodanische-See

Gandor

Lictala

Granza

Cutura   Mungo

Eisenberge   Facundische
Felder

Somos

Feensümpfe   Valor

Irondol

Mirkum

Karcia

Süd-Yodanische-See

Namensregister

Acoatlan   Gott von Wissenschaft, Weisheit und Magie

Aldonas   Ein 18jähriger Beschwörer und Schüler von Kotoran

Almira   Priesterin von Acoatlan

Altahif   Druide, Echsenmensch aus Ankor

Amtonas   Mächtiger, elbischer Magier der Vorzeit

Ariella   Beschworene und unterworfene Dämonin von Aldonas.

Basalde   Ogerfrau, Priesterin von Acoatlan

Bergola   Zwergische Meisterdiebin

Berrow   Psi-Magier und Heiler von Geisteskrankheiten

Cedron   Meisterdieb, Präsident der Diebesgilde von Magnora

Crossos   Gott der Zerstörung

Derya   Farbige Heilerin aus dem südlichen Inselkönigreich

Errollos   Menschlicher Spruchmagier aus dem Westreich

Firat   Gott des Jahresanfangs des südlichen Pantheons

176

Firat III   König des südlichen Inselkönigreichs

Galad IV   König des Westreiches

Gabror   Mächtiger Engel der Vorzeit

Gemmetta Halbork, Priesterin von Acoatlan

Hakoan   Kriegsgott des nördlichen Pantheons

Jahef   Oberster Gildenmeister aller Diebesgilden

Jestonaaken   Wolfer, Paladin von Hakoan

Kahlad   Gesandter des westlichen Königreiches

Keldor   Dämonenlord

Kotana   Sklavin von Aldonas

Kotoran   Meisterbeschwörer

Kuhlon   Ehemann von Gemmetta

Lacarna   Elbische Kampfmagierin

Lados   Menschlicher Elementarmagier

Lafero   14jähriger, menschlicher Anführer einer Straßenjungenbande in Magnora

Lakisch   Diebesgott

Lu   Elb ohne Gedächtnis

Lunardiel	Sohn von Lacarna
Minelle	Farbige, menschliche Hexe von Keldor
Mulos	Erfolgloser Kaufmann, Bruder von Errollos
Naryx	Gestaltwandler und Psi-Magier
Otanios	Zentaurischer Bogenschütze und Speerkämpfer
Pandor	Dämonischer Verbündeter von Minelle
Rasula	Feenkönigin auf der Insel Yodan
Sadox	Halboger, Straßenjunge in Magnora
Salana	Haussklavin von Kotoran
Sahif	Flugschlange, Verbündeter von Altahif
Schalios	Oberschamane der Zentauren
Sharad	Meeresgöttin des südlichen Pantheons
Svenja	Männliche Fee, der gern weiblich wäre
Vogos	Reicher Magier aus Magnora
Yaro	Alchemist in Hanlo
Yrden	Gott der Heilkunst des südlichen Pantheons

Danksagung

Einen solcher Zyklus zu schreiben, wäre ohne die vielfältige Unterstützung aus meinem Umfeld nicht möglich gewesen.
Sarah danke ich für die wunderschönen Landkarten, Marion für das geduldige Lektorat.
Besonderen Dank gilt meinen Probelesern, die die unlektorierte Rohversion gelesen haben und mit ihren Anregungen dazu beigetragen haben, das Werk wesentlich zu verbessern.
Illian gilt mein Dank für das stimmungsvolle Cover, Thorsten für das Layout der Buchreihe.
Auch möchte ich den beiden Rollenspielgruppen danken, die jeweils über ein Jahr hinweg den gesamten Zyklus gespielt haben und deren tolles Rollenspiel mich zu der einen oder anderen Figur inspiriert hat...
Dankbar bin ich auch für ein Unternehmen wie Book-on-Demand, dass es Autoren ermöglicht, ihre Bücher unverfälscht und unter der Bewahrung ihrer Würde und Integrität zu veröffentlichen.

Zyklusübersicht